KB121606

21세기 한류체험 디카 장편소설

# 우즈벡 아리랑

Uzbek Arirang

# 우즈벡 아리랑

Uzbek Arirang

김우영 교수 장편소설

개미

# 21세기 한류체험 디카 장편소설
『우즈벡 아리랑Uzbek Arirang』을
출간하며

바람이 옷깃을 여미는 싱그러운 2023년 가을. 21세기 지구촌 나그네 한국어 문학박사의 숙명 같은 국위선양의 길. 대한민국 인천국제공항을 떠나 왔다.

푸르고 너른 서해바다를 박차고 허공에 오른 아시아나 비행기는 상공 17,000피드를 유지하며 시속 700km로 날아 7시간만에 중앙아시아 대륙 우즈베키스탄 국제공항 타슈켄트 공항에 밤 8시 도착했다.

이렇게 시작된 우즈베키스탄 사마르칸드 국립 외국어대학 한국어학과의 생활. 2024년을 봄을 맞으며 고국 대한민국으로 돌아가야 할 때가 되었다.

언어와 생활, 학교생활이 힘들기는 했어도 행복했었다. 한국과 우즈베키스탄의 정서와 인정이 비슷하여 친절하고 맘씨 좋은 사람들.

귀국길 기념으로 21세기 한류체험을 장편소설로 재구성한 『우즈벡 아리랑(Uzbek Arirang)』 저서를 내놓는다. 이 저서는 지난 1984년 시집 『푸른 소나무』를 시작으로 2024년 현재 40권째로 출간했다.

자식으로 보면 40여 명을 출산했다. 이를 보고 주변에서는 이구동성으로 말한다.

"김 교수님 대단하십니다. 정력도 좋아요. 허허허……"

"수처작주 입처개진(隨處作主, 立處皆眞)의 주인공입니다. 가는 곳마다 어떤 시간과 장소에서도 사람·사건·사물의 영향을 받지 않고 부화뇌동없이 남다른 철학정신으로 맡은 바 일에 열심히 최선을 다하는 모습 응원합니다."

외롭고 험난한 한국어 외길 인생 20여 년. 지난 2019년~2020년까지 한국해외봉사단 코이카 파견 아프리카 탄자니아 외교대학 대외관계연구소 한국어학과에서 국위선양을 하였다.

그 후 코로나로 인하여 3~4년 정체되었다. 그러나 '지구촌 나그네'는 앉아있을 수 없었다. 그래서 2022년 6월~7월 중앙아시아 우즈베키스탄 안디잔대학교 초청으로 안디잔을 방문하여 한국어 수요조사를 마치고 귀국하였다. 이어 이번 우즈베키스탄 사마르칸트 외국어대학 한국어학과 교수로 활동하고 귀국하는 것이다.

"낯선 문화, 언어의 장벽, 음식 등 환경이 열악할 터인데? 왜 그리 고생을 사서 하느냐?"
"소는 누워 있어야 하고, 한국어는 지구촌 80억 인류가 그리워하는 말. 따라서 해외로 한국어 곁에 누으려고 합니다!"

여기에 소개하는 21세기 한류체험 디카 장편소설 『우즈벡 아리랑(Uzbek Arirang)』의 주인공 김한글 교수의 눈을 통하여 웃고 울었던 이야기들이다. 한류체험 글이라서 일반적인 문학소설과는 조금 거리가 있을 수 있다, 독자 제현의 혜량 바랍니다.

아리랑 아리랑 아라리요
아리랑 고개로 넘어간다
나를 버리고 가시는 임은
십 리도 못가서 발병 난다
—『우즈벡 아리랑(Uzbek Arirang)』 중에서

2024년 봄 중앙아시아 우즈베키스탄 사마르칸드에서
지구촌 나그네

# 훌륭하고 친절하신 김우영 교수님께

Fazliddin Ruzikulov(파즐르드든 로즈쿨로프)

외국어대학교 총장, 영어학박사

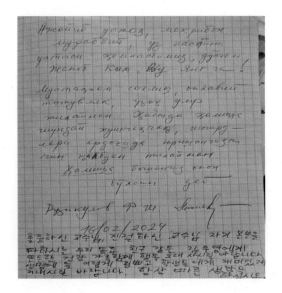

# 좋은 사과를 얻기 위해서는

— 김우영 교수님 한류체험 디카 장편소설 『우즈벡 아리랑』 출간에 즈음하여

**허우직**
㈜산케이 한소금 그룹 회장

좋은 사과를 얻기 위해서는 사과나무 가지를 쳐내듯이 인생의 좋은 과일을 얻기 위해 하고 있는 것들 중에서 많은 것들을 가지 치기해야 합니다.

멈춰 설수록 더 멀리 갑니다. 돌아 볼수록 더 쉽게 갑니다. 빈손으로 갈 수 록 더 많이 얻습니다. 길이 없을 수 록 더 많은 길이 열립니다. 인생은 미로입니다.

기쁘게 생각 할수록 더 큰 기쁨이 됩니다. 감사하게 생각 할 수

록 더 큰 감사가 되돌아 옵니다. 행복하게 생각 할 수 록 행복은 더욱 커집니다. 이처럼 삶은 생각에 따라 바뀝니다. 인생은 생각하기 나름입니다. 요컨대 '인생은 아름다운 미로' 입니다.

사람은 누구나 목표가 있어야 합니다. 목표 없이 살아간다면 허무합니다. 목표를 정하고 꼭 달성 하세요. 그것이 성공에 길잡이 입니다.

이번에 출간하는 우즈베키스탄 사마르칸드 국립 외국어대학교 한국어학과문학박사 김우영 교수님의 한류체험 디카 장편소설 『우즈벡 아리랑』 출간은 그간 많은 가지치기를 한 것입니다. 아울러 자신의 목표를 굳건하게 세우고 올곧게 달성한 결과물 입니다.

사마르칸드 마을 이웃에 함께 살며 같은 한국인과 집안 동생으로서 김우영 교수님의 한류체험 디카 장편소설 『우즈벡 아리랑』 출간에 함께 할 수 있어 반갑습니다. 건필빕니다.

# 귀감이 되는 김우영 문학박사!

심재화 교수
현재 우즈베키스탄 타슈켄트 직업훈련원 KOICA단원으로 근무 중

인생의 시작은 어디이고 끝은 어디인가?

철학적 의문을 갖기 전에 우리는 과거를 반추하며 오늘을 살고 미래를 꿈꾸며 살아가는 존재들이다.

이런 관점에서 우리 모두는 자신의 삶을 되돌아보며 미래를 바라볼 수 있어야 짧은 인생을 보람되게 살 수 있다고 본다. 여기에 대한 답은 무수히 많다.

이 지구촌에 발을 딛고 살고 있는 무수한 이들이 각각 자기의 인생철학을 바탕으로 삶을 살아간다.

여기에 한 가지 해답을 줄 수 있는 길이 문학이라는 것이다. 수 많은 문학인들이 자신의 생각과 사상을 글이라는 매개체를 통해 다른 사람들에게 감동을 주고 이 감동이 대를 이어 후세에 전달되면서 우리는 문학이란 데서 인간의 고뇌와 문제를 해결하려고 했다.

김우영 문학박사, 나와는 오랜 지기였다. KOICA에서 함께 일하고 또 KOVA라는 해외봉사단 연합회에서도 나는 감사로, 그는 이사로 함께 일하면서 한 달에 한 번씩 Zoom으로 자주 만난 이다.

그는 일찍이 아프리카 탄자니아에서 KOICA봉사단 활동했고 우즈베키스탄 안디잔 대학에서 한국어를, 작년에는 또다시 우즈베키스탄 사마르칸트 외국어대학에서 한국어를 가르치러 왔다.


나는 현역 시절에 미얀마에 2년 봉사하면서 나도 '70세 청년의 새로운 도전-KOICA단원으로 보낸 2의 Myanmar생활 '이란 글을 쓴 바 있다.

나는 김 작가를 생각할 때 조선시대 김병연(김삿갓)을 연상한다. 김작가에게는 아마 태어나기 전부터 방랑기질이 있었던 것이 아닌가 하는 생각이 든다.

그가 이번에 40번째로 출간하는 21세기 한류체험 디카 장편소설 『우즈벡 아리랑』은 의미가 깊은 역량있는 작품이라고 생각한다.

그는 방랑기질 뿐 아니라 수많은 글을 남기는 특출한 재능을 갖고 있다.

그에게는 또 다른 재능이 있다. 70이 되는 노령에 언제 익혔는지는 모르나 그의 기타 솜씨는 부러울 만큼 내게 도전이 돼 왔다.

기타가 그의 손에 들어가면 아리랑은 기본이고 수 많은 곡들이 기타를 통해 뭇사람들을 감동시키고 있다.

그의 방랑기질과 문학에의 뜨거운 정렬은 아마도 그가 눈 감기 전에는 그치지 않을 것이라는 생각이 든다.

나는 그의 권유에 따라 지금도 외국어로서의 한국어 자격증 준비를 하고 있다. 힘이 있을 때 더욱 봉사하라는 그의 무언의 압력에 따른 것이다.

나도 우즈베키스탄에 KOICA단원으로 봉사하러 와서 또다시 김우영 작가를 이 땅에서 다시 만나게 됐다. 우연이 아닌 필연의 관계이리라. 언제 귀국하기 전에 한번 얼굴을 볼 기회기 있으리라고 믿는다.

우리가 향유하고 있는 짧은 삶, 문학에서 인생의 보람을 찾기를 바라며 더 나아가 내세를 바라보는 종교의 세계로 이어지기를 바라는 마음이다. 김 작가의 무궁한 문학 활동에 찬사를 보내며 그의 가족들 모두가 건강하기를 기원한다.

# 차례

우즈벡 아리랑
Uzbek Arirang

# 고국을 뒤로하고 먼 나라로 길 떠나온 지구촌 나그네

싱그러운 바람이 옷깃을 여미는 2023년 9월 18일(월). 지구촌 나그네는 내처 나서지 않으면 안 될 한국어 문학박사의 숙명 같은 국위선양의 길. 김한글 교수는 대한민국 인천국제공항을 떠나 왔다.

푸르고 너른 서해바다를 박차고 허공에 오른 아시아나 비행기는 상공 17,000피드를 유지하며 시속 700km로 날아 7시간만에 중앙아시아 대륙 우즈베키스탄 국제공항 타슈켄트 공항에 밤 8시 도착했다.

마침 외국어대학교 한국어학과장 고려인 '빅토르 최' 박사가 승용차로 마중을 나왔다. 둘이는 반갑게 인사를 나누었다.

"안녕하세요. 김한글 교수님 반갑습니다. 하하하……"

"반가워요. 빅토르 최 박사가 이렇게 마중을 나와서 좋으네요. 하하하……"

둘이는 반갑게 끌어안고 인사를 나누었다. 자정을 넘긴 시간 승용차는 출발했다. 바닥이 고르지 못하여 터털거리는 울림으로 빅토르 최 박사는 까아만 어둠을 뚫고 달렸다. 무려 4시간을 달리는 사이에 도로에 가로등이 없었다. 지난해 여름 6월~7월 안디잔을 방문 할 때는 무려 8시간을 달렸으나 그에 비하여는 그나마 가깝다며 김한글 교수는 위안을 해야 했다.

한국에 취업차 몇 년 다녀와 한국말을 잘하는 빅토르 최 박사에게는 미안했지만 비행기 7시간에 다시 4시간 정도 승용차로 가는 길이 피곤하여 졸았다.

이곳 도로에는 많은 차량들이 짐을 가득 싣고 도로를 오가고 있었다. 마치 김 교수가 지난 2019년~2020년 한국해외봉사단 코이카 파견 아프리카 탄자니아 체류시 현지언어 교육을 위하여 수도 다르에스살렘과 모로고로시를 오가던 생각이 들었다.

까아만 어둠을 뚫고 달리던 차 안에서 졸다 깨다를 반복하는 사이에 빅토르 최 박사가 말한다.


"김 교수님 다 왔습니다. 한국에서 오시느라고 먼 길 수고하셨어요."

"아이고 빅토르 최 박사님. 4시간 동안 차를 운전하느라고 수고했어요. 지금이 새벽 시간인데 배가 고프니 어디가서 뭐 좀 먹어요?"

"그럴까요. 저도 배가 고프네요."

"그럼요. 같이 가요. 뭐 좀 먹고가요."

둘이는 가까운 레스토랑에 가서 갈증에 보드카 반주와 식사를 하며 공항까지 나와 고마움에 감사를 나누었다. 식사 후 기숙사로 들어왔다. 비행기 7시간 승용차 4시간 11시간의 로정(路程)에 지쳐 먼 나라 중앙아시아 대륙의 새벽녘 창 밖 여명을 느끼며 잠나라로 빠져들어 갔다. 다음날 대학에서 연락이 왔다.

"김 교수님 피곤하시겠지만 국제부 직원과 한국어를 할 줄 아는 학생을 보낼터니 입국 수속을 밟으세요."
"네 알겠습니다."

잠시 후 국제부 직원과 '도스톤' 이란 한국어학과 학생이 왔다.

"안녕하세요. 교수님 제가 도와드리지요."
"고마워요. 한국어 잘 하네요. 토픽 몇 급 이세요?"
"네 교수님 저는 3급 입니다. 앞으로 잘 부탁드려요."
"허허 낯선 곳에서 제가 부탁드려야지요. 고맙습니다."

낯선 시내를 도스톤 학생의 안내에 따라 UZTELECCOM통신사를 방문하여 우즈벡 현지핸드폰 번호를 부여받았다. 그 순간 느낌이 왔다.

우즈베키스탄 사마르칸드 불바르길/ 왼쪽 도스톤 학생, 가운데 조은희 코이카 한국어교원, 김한글 교수

"나도 이제 우즈벡 사람이 되어가는구나!"

"교수님 축하드려요. 이제 우즈백 이름을 하나 지으세요?"

"그래요. 고마워요. 뭐라고 지을까……? 그간 주변 지인들의 아호를 많이 지어주었었는데? 이제는 내 아호를 지어야 겠네요? 음, 뭐라고 지을까요? 우즈벡에 우 자는, 내 이름 우 자와 같고, 가운데 이름은 이곳에 사마르칸트이니 사 자를 쓰고 끝에는 이곳에 온 인연이 안디잔 '자리파'의 도움이 있었으니 안(an)으로 지어야겠어요. 우사안(U sa an)으로 우즈벡이름을 지었어요. 우사안(U sa an)으로요."

"짝짝짝…… 좋아요. 우즈벡 이름 우사안 그 의미가 깊고 짧으며 좋아요."

"이제 김한글 교수의 우즈벡 이름은 우사안(U sa an)이니 우사안으로 불러주세여. 우사안."

"네, 우사안 교수님!"

그리고 이어 은행으로 옮겨 달러를 우즈벡 돈 손(Son)으로 환전했다. 그리고 여권을 지참하고 학교 국제부에 외국인 교수로 등록을 마쳤다. 이제 우즈벡 돈이 있고 우즈벡 핸드폰, 비자, 여권을 주머니에 넣으니 든든했다.

"야호오. 나는 이제 우즈벡 우사안(U sa an)이다. 우사안. 우즈벡인 이름 우사안(U sa an)으로 변신은 무죄인가?"

# 우즈베키스탄에서 강의의 시작

2023년 9월 21일(목). 외국어대학교 커리큘럼(Curriculum)으로 구성된 일정에 따라 김한글 교수의 강의가 시작되었다.

첫 날, 첫 시간은 한국어학과 3학년 기준인 2104, 2105, 2106반 대상으로 201호에서 있었다. 첫 날, 첫 시간은 무겁지 않고 가볍게 오리엔테이션을 갖었다.

앞으로 반을 이끌어갈 반장을 뽑고 출석 체크와 함께 명단, 토픽 소유 급수를 파악했다. 강의 수준을 조정하기 위함이었다.

두 번째 시간은 2110반 104호이다. 역시 반을 이끌어갈 반장을 뽑고 출석체크와 함께 명단, 토픽 소유 급수를 파악했다.

이러한 커리큘럼(Curriculum)에 따라(여기는 한국과 반대로 가을학기가 1학기)에 매일 240분. 월요일부터 금요일까지 1주간 총 1,200분이다. 또한 여기에 매주 금요일 오후 3시 30분부터 5시까지 90분을 추가하면 1,290분 동안 강의를 하는 타이트한 일정이다.

김한글 교수의 한국어의 학습진작과 토픽시험에 대비한 일정을

소화해내어야 하는 외국어대학의 학습요건에 충족해야 한다.

"목표가 있는 곳에 희망이 있고, 희망이 있는 곳에 보람의 결실이 이어지리라!"

김 교수는 한국문화향상을 위하여 매주 금요일『한국문화교실』운영했다. 우즈베키스탄 사마르칸드 국립 외국어대학교 한국어학과 학생들에게 한류(韓流. The Korean Wave) 프로젝트(Project) 일환으로 본 과목 외에 매주 금요일 오후 3시 30분 본교 4층 대강당에서 동영상과 자료를 통한 한글, 한국어의 역사, 음식, 한복, 생활문화를 비롯하여 영화, 드라마, 태권도, K-POP, 7080 통기타 라이브, 세계 각 국의 음악소개를 통한『한국문화교실』운영으로 한국어의 이해를 돕고자 하였다.

김한글 교수가 처음 시도한『한국문화교실』은 성공적이었다. 반응이 좋아 앞으로 교내 야외 캠퍼스를 활용한 학생과 주변 주민의 참여로 지역의 건전한 생활문화공간 자림매김하기로 했다. 국

립 외국어대학교 한국어학습 30년 역사에 영광의 빛을 유발시키는 한편 한국어의 이해와 흥미를 제공하여 외국어대학교 한국어학습을 향상시키고자 했다.

이에 따라 처음 운영한『한국문화교실』에는 100여명의 학생이 참여한 가운데 박수와 율동이 가미된 성공적인 프로젝트(Project) 행사였다고 교내에 소문이 자자했다.

대략내용은 제1부에서 한국의 음식, 관광, 한글, 한국어 역사, 영화, 드라마를 소개했다. 제2부는 우즈백 노래 '비어 비어' 타지키스스탄 작곡, 우즈벡 가수 노래이다. 제3부는 한국의 음악소개 K-POP, 제4부는 한국의 전통노래 아리랑, 동요. 제5부는 세계의 음악소개 미국, 중국, 아프리카. 제6부에는 김한글 교수가 직접공연하는 통기타 7080 라이브 무대였다. 제7부 마무리에는 새 천년 체조, 다 같이 노래 사랑해, 과수원길을 합창했다.

오늘은 김한글 교수가 외국어대학교 한국어학과 3학년 재학중인 도스톤(Xakimov Doston) 학생 초청으로 우즈베키스탄 사마르칸트 나이만에 있는 시골 농가를 방문했다.

본디 김 교수도 시골 출생이어서 우즈벡 지방의 시골 농촌을 방문하고 싶었다. 기숙사에서 출발한 5번 바스(여기서는 버스를 바스라고 부름)를 타고 갔다. 바스 요금은 현금은 2,000숨(200원), 카드는 1,600원이었다. 한국의 봉고버스 정도의 공간에 승객들이 서고 앉아 20여 명이 되었다.

마침 창가에 앉았더니 한낮 더위가 너무 따가워 다른 그늘진 자리를 찾았다. 그러나 없었다. 커텐은 커녕 번지와 낡은 의자가 마치 지난 2019년~2020한국해외봉사단 코이카 파견 아프리카 탄자니아에 있을 때 버스를 타고 고생을 했던 기억이 났다.

이때 어느 중년의 현지 여인이 그늘진 좌석에서 일어나 햇볕진 곳으로 바꾸 잔다.

'아, 이래서 우즈벡 민족이 중앙아시아 5개국 중에서 우수한 휴머니즘 민족으로 추앙을 받는구나!'

서툰 우즈벡어로 감사하다는 인사를 중년여인에게 연발했다.

"Rahmat Rahmat Katta Rahmat(라흐마트 라흐마트. 대단히 감사합니다!)"

30여 분 달리자 목적지에 왔다며 도스톤이 앞장서 걷는다. 길목은 한국과 달리 매마른 사막토에 먼지가 일고 주변에 나무가 적

김한글 교수가 시작한 외국어대학 『한국문화교실』

었다. 아주 시골은 아니고 도시형 변두리에 속했다.

길목을 가면서 보니 지난해 방문한 안디잔과 흡사했다. 집 높이
가 높고 집들이 궁전처럼 규모가 컸다. 10분 정도 도스톤이 안내
한다.


"교수님 여기가 저희집이어요."

"아, 그래요 집이 높고 참 넓으네요."


집안에 들어서니 가장인듯한 도스톤 할아버지가 앉아계셨다.
인사를 드렸다.


"Assalomu alaykum. 아싸로무 알라이쿰. 안녕하세요."

"Kiringlar. 키링랄. 어서오세요. 들어오세요.

집안에는 아이와 식구들이 많았다.


"가족이 많네요. 몇 명이세요?"

"할아버지 할머니, 엄마와 나, 여동생, 두 작은 아버지 가족 13명이 살아요."

"와, 대가족이네요? 한국도 예전에는 10여 식구가 같이 살았지만 지금은 각 각 살지요, 가족애가 부럽네요."

"한국은 가족이 따로 사나요?"

"결혼하면 분가하여 각각 살아요."

"네 그렇군요."

"특히 이 집에 어린아이가 4명이나 되네요. 부럽네요. 이런 대가족제도 오랜만에보니 신선한 충격이네요."

가족들은 도스톤을 가르치는 한국어 교수님이 오신다며 거실에 특별히 과일과 우즈벡의 대표적인 전통요리 '어쉬 팔로브(Osh Palov, 볶음밥)'와 '논(Non, 빵)'을 준비하였다. 우즈벡의 '어쉬 팔로브'와 '논' '샤슬릭(Shashlik, 양꼬치)'은 우즈베키스탄 음식의 '3대 여왕'이라고 부른다. 특히 결혼식이나 생일, 장례식, 명절 등 특별한 날에는 항상 '어쉬 팔로브'와 '논', '샤슬릭'을 만들며 집에 손님이 오면 반드시 팔로브를 만들어 대접한다고 한다.

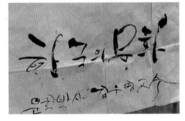

'팔로브'에 대한 전설 중 하

나이만지역 도스톤집에서 마련한 오찬

나는 알렉산더 대왕에 의해 만들어졌다는 설이다. 알렉산더가 전쟁 중 병사들이 손쉽게 먹을 수 있고 영양가도 높으며 열량과 포만감이 오래가고 맛있는 음식을 만들 것을 취사병에게 명령 하자 그 취사병이 고심 끝에 만든 것이 '팔로브' 라는 얘기가 있다.

지금까지도 전쟁터에서처럼 '야외에서', '큰솥에' 그리고 꼭 '남자가' 만들어야 최고의 요리로 여긴다. 특히 야외에서 맑은 공기와 함께 재료가 익어야 제맛이 난다고 하고 집에서는 통풍도 안되고 해서 맛이 떨어진다고 한다.

2022년 6월 안디잔을 방문했을 때 이 팔로브를 맛있게 대접받았다. 그래서 인사를 이렇게 했었다.

"Bu yaxshi. 마잘리. 잘 먹었어요."

맛있는 음식대접에 대한 인사로 통기타를 연주하며 노래를 부르고 경쾌한 음악을 틀어놓고 율동으로 즐거움을 나누었다. 역시 중앙아시아 대륙의 중심 민족답게 흥이 있는 분들이라는 생각을 했다. 그리고 늘 느끼는 것이지만 음악은 세계 공용어였다. 전세계 어디를 가더라도 흥겨운 음악만 나오면 자연스럽게 율동이 나왔다.

"이래서 내가 통기타를 메고 전 세계를 다니어 지구촌 나그네가 아닌가!

우즈벡 전통요리 '어쉬 팔로브'와 '논'을 대접받고 집안에 있는 오이 비닐하우스와 젖소목장을 구경하였다. 인사를 마치고 나오는데 오이와 단감 몇개와 우유를 봉지에 담아준다. 정이 많고 마음이 따뜻한 가족들은 대문가에서 안보일 때 까지 손을 흔들어준다. 문득 인도의 속담이 생각난다.

"집안이 화목하고 평화로우면 어디를 가나 축제 같은 마음이 든다!"

그리고 택시를 잡고 온다고 했더니 낯선 길을 헤메일까봐 도스톤 학생과 조카 '메크로즈'가 배웅을 한단다. 기숙사 근처까지 따라와 야경으로 유명한 모스크(Mosque 이슬람교의 예배당)와 뮤지컬

센터, 야간 분수대 등을 함께 관람하고 다시 나이만 집으로 돌아가는 도스톤의 성실함과 고마움이 여실히 묻어나는 아름다운 뒷모습이었다. 기숙사에 들어와 씻고 누웠는데도 멀리까지 데려다 주고 가는 아름다운 모습이 눈에 어른거린다.

"과연 한국의 20대 청년한테 저런 순수한 아름다움이 있을까 ……?"

오늘은 9월 24일 일요일. 김 교수는 한국을 떠나와 우즈벡에 도착한 이야기를 쓰고 있었다. 그러다 어느 사이 이름 모를 새가 기숙사 창가에 날아와 지저귄다. 그래서 밤에 군것질 용도로 사온 논(Non. 빵)을 창가에 놓았더니 몇 마리가 교대로 날아와 부리로 쪼아 먹는다.

"그래 너희도 저 멀리 한국에서 온 이 낯선 지구촌 나그네가 외로운줄 알고 놀자 하는구나. 앞으로 나는 빵 안먹고 너희들 줄터니 자주 놀러오너라. 고맙다 친구해주어서 새야. 이름없는 우즈벡

새야! 너희와 인연 곱게 아로새기마! 낯선 이곳에서 유일하게 한
국말을 주고받는 이름모를 새야!"

아름다운 정조와 생활을 노래한 순수서정성으로 노래한 금아
(琴兒) 피천득 시인은 인연에 대하여 이렇게 말했다.

"어리석은 사람은 인연을 만나도 몰라보고 보통 사람은 인연인
줄 알면서도 놓치고 현명한 사람은 옷깃만 스쳐도 인연을 살려낸
다."

이름모를 새가 날아와 놀자네

한국 떠나와 우즈벡 이야기 쓰고 있다
문득 이름모를 새 기숙사 창에 날아와 지저귄다

그래서 밤에 군것질용으로 사온
논(Non. 빵) 창가에 내어 놓았다

몇 마리 교대로 날아와
부리로 쪼아 먹는다

그래 너희도 저 멀리

한국에서 온 이 낯선 지구촌 나그네
외로운줄 알고 놀자하는구나

앞으로 빵 안먹고
너희들 줄터니

자주 놀러오너라
고맙다 친구해 주어서

이름없는 우즈벡 새야
너희와 인연 곱게 아로새기마

낯선 이곳에서 유일하게
한국말을 주고받는 이름모를 새야!"

# 스승의 날 아름다운 휴머니즘 향연!

중앙아시아 대륙 우즈베키스탄 공화국 대통령 샤브카트 미르지요예프Shavkat Mirziyoyev가 10월 1일 스승의 날을 맞았다. 지난 1997년부터 만들어져 운영하고 있다고 한다.

이날 실크로드의 중심도시 사마르칸트 국립 외국어대학교(총장 Fazliddin Ruzikulov)에서는 많은 학생과 교수들이 참여한 가운데 뜻깊은 스승의 날을 가졌다.

학교 대강당과 연구소에서는 각각 학생들이 정문 입구에 도열하여 입장하는 스승을 박수로 환영하였다.

이어 그간 유공이 많은 교수들에게 공로 표창을 하는 한편, 이를 축하하는 문화공연행사를 화려하게 열어 스승에 대한 예우를 다하는 정성을 기울였었다.

이어 스승의 날 행사를 마치고 만찬장으로 옮겨 그간 서로 노고에 대한 위안과 회포를 풀면서 앞으로 학생들에게 더욱 향상된 교육이 이루어지도록 연구와 장학지도를 하자며 의지를 다졌다.

외국어대학 입구 스승의 날 축제

동양어학부 한국어학과(과장 Nazarova shahlo bakhtiyorovna ph.D)에서는학생들이 미리 준비한 선물을 각각의 교수들에게 전달하는 흐뭇한 모습이 있었다.

또한 이날 근래 한국에서 부임한 문학박사 김한글 교수의 생일(9월 30일) 파티를 학과 사무실에서 선물과 케익을 준비하여 전달하는 아름다운 장면이 있어 우즈베키스탄 스승의 날 아름다운 휴머니즘(Humanism) 향연이 펼쳐져 갈채를 받았다.

중앙아시아의 중심국가인 우즈베키스탄의 어원은 직역하면 '우즈(O'z)는 '우리들의'이라는 뜻이며 '베크'는 투르크어로 왕이라는 뜻으로 '우리들의 왕'이라는 뜻이다. 그리고 '스탄'은 영어 'State'와 같은 어원을 가진 단어로 '지역', '땅'이라는 뜻이다. 우즈베크란 어디에도 속하지 않으며 스스로 세운 왕이 있다는 뜻으로 독립적인 민족이라는 뜻이다.

대학 총장과 오른쪽 김한글 교수

1924년 소비에트 사회주의공화국 소련에 병합되었으나, 1991년 8월 31일에 독립을 선언하고 현재의 우즈베키스탄으로 개칭하였으며, 1991년

스승의 날과 겹친 김한글 교수 생일파티

12월 독립국가연합(CIS)에 가입하였다. 1992년 대통령 중심의 민주공화제를 채택하였다.

특히 국립 외국어대학이 소재한 사마르칸트(Samarkand)는 실크로드 교역의 중심지이다. 방대하게 펼쳐진 평원과 사막이 있는 지역이다. 실크로드 교역의 시대에는 중국, 페르시아, 인도와 유럽으로 향하는 길이 모이는 중심도시였다. 이곳은 스키타이, 사카, 흉노, 돌궐, 투르크, 몽골 등 수많은 나라가 명멸한 광활한 무대였다. 정복자 알렉산더를 비롯, 흉노족, 돌궐, 칭기즈칸, 티무르의 기마병들이 먼지를 일으키며 달렸던 곳이었다. 구법승 '현장' 이나 신라승 혜초가 걸은 구도의 길이기도 하며 풀 한 포기 없는 사막, 그 모래 속에는 부침한 수많은 문명이 잠들어 있는 문화역사의 고장이다.

1990년대 중반은 한국어가 우즈베키스탄의 주류 언어로 발돋움한 아주 중요한 시점이었다. 1996년 대우자동차 현지공장 설

외국어대학 인근 예식장에서 갖은 학생축제에 참석한 한국어학과 교수진

립, 1997년 아시아나 직항편 개설 등 많은 변화가 많았다.

이어 1997년 한국어능력시험(TOPIK)이 최초로 실시됐는데, 당시 시험 대상 국가가 일본, 중국, 우즈베키스탄, 카자흐스탄 등 4개국 뿐이었다. 또한 1997년 가을에는 훈민정음이 유네스코 세계기록유산으로 등재됐는데, 회의가 열린 곳이 우즈베키스탄 수도 타슈켄트였다.

스승의 노고에 대한 존경을 되새기고 혼탁한 사회를 정화하는 뜻에서 기념일로 지정되었으며, 매년 5월 15일에 시행된다. 이날은 교육 공로자에게 정부가 포상하며, 학교마다 선생님에게 카네이션이나 장미꽃을 달아주고 선생님을 감사하며 각종 사은행사를 갖는다.

# 사마르칸트 한글날 기념 한복입고 뽐내기

　중앙아시아 대륙 아침 저녁으로 찬 바람이 일며 겨울을 준비하는 2023년 10월 8일. 제577회 한글날을 중앙아시아 대륙 우즈베키스탄 사마르칸트 레기스탄(Registan) 중심광장에서 사마르칸트 세종학당(이종혁 학당장) 주관으로 한복입고 뽐내기 한류(韓流. The Korean Wave) 잔치에 김 교수는 참여했다.

　이 행사에는 외국어대학교 한국어학과 문학박사 김우영 교수와 학생을 비롯하여 한글날을 맞아 아랍에미레이트(UAE)아부다비에서 방문한 김혜빈 연구원 등이 참여를 했다.

　또한 이곳 사마르칸트 레기스탄(Registan) 중심광장을 찾은 현지 국민들이 한글날 기념 한복을 입고 뽐내기 한류 잔치에 참여하여 사진을 찍는 등 화기애애한 가운데 행사를 마쳤다.

　한편, 2023년 10월 8일 제577회 한글날을 중앙아시아 대륙 우즈베키스탄 사마르칸트 레기스탄(Registan) 중심광장은 티무르 시대를 대표하는 세 마드라사가 밀집되어 있다. 사마르칸트의 상

사마르칸드 레기스탄 중앙광장 한글날 한복 입어보기 행사

징이자 우즈베키스탄의 상징이다. 우즈벡을 방문하는 관광객의 대부분은 이곳을 보이기 위하여 사마르칸트를 방문한다. '레기스탄'이란 말은 페르시아어로 '모래땅'이라는 뜻으로 사막을 의미한다.

과거에는 공공광장과 그리고 시장으로 사용되었는데, 마드라사가 들어서면서 점차 교육의 중심지로 용도가 바뀌었다. 세 마드라사는 건축된 순서로 서쪽의 울르그벡 마드라사, 동쪽의 셰르도르 마드라사, 북쪽의 틸랴콜리 마드라사가 있다.

사마르칸트의 국제기술대학교(총장 압둘라 예프 박사) 한국기술문화대학(학장 황성돈 박사) 3층 컨버런스 홀에서는 갖은 추석명절 잔치와 한글날 기념 한류 향연은 '이희정 · 황보인영 · 무니라(우즈벡인) 한국어학과 교수님'이 한국어와 영어, 우즈벡어로 동시에 번역하며 현장감 있게 라이브로 진행되어 관람객의 이해와 흥취를 더하여 주었다.

사마르칸드 고려인협회 부녀합창단

첫 번째 순서는 이 행사를 주관한 한국기술문화대학 학장 '황성돈 박사님'의 유창한 영어로 환영사를 하였다. 이어 축사에는 국제기술대학교 총장 '압둘라 예프 박사'의 영어, 한국어, 우즈벡어로 구수하고 유머스런 재치로 관람석을 즐겁게 하였다.

오프닝 행사로 우즈벡 비 보이(B-boy)둘이 펼치는 현란한 Break-dans였다. 이 춤은 지난 1970년대 미국 뉴욕에서 발생한 스트릿 댄스의 일종이다. 힙 합 음악의 브레이크 비트에 맞춰 춤을 추는 것으로, 비보잉 또는 브레이킹이라고도 부른다.

이번에는 화상으로 한국의 윤석열 대통령 부부가 추석명절 덕담이 있었으며, 한국의 추석명절 풍경을 화면으로 만났다. 또한 관광대학교 한국어학과 '무니라 교수님'이 한글날에 관한 역사와 유래를 화면을 통하여 설명하였다. 이를 보고 옆에 앉은 한국기술문화대학 '황성돈 학장님'이 칭찬을 한다.

"김 교수님. 저 무니라 교수님이 사마르칸트에서 그간 만난 현지 한국어교수 중에 가장 한국어를 잘 이해하고 담아내는 훌륭한 재원이랍니다."

"아, 그러네요. 발음과 이해력이 출중하여 그럴만하네요. 훌륭한 무니라 교수님 이십니다. 짝짝짝……!"


이어 고려인협회 '최 라이사 부회장님'이 나와 고려인의 아픈 강제 이주역사를 자료화면과 함께 설명하는 대목에서 가슴이 먹먹하였다.

지난 1937년 소비에트 연방의 독재자 '스탈린'은 연해주 고려인 18만여 명을 중앙아시아로 강제 이주시킨다. 이주 과정에서 짐승을 싣고 다니는 기차화물에 싣고 가는 과정에서 노약자와 어린이 등 고려인 2만여 명이 숨진다.

이 가운데 10만여 명은 카자흐스탄으로, 6만여 명이 우즈베키스탄으로 강제 이주된다. 이주한 고려인들은 기존 현지인들 콜호즈(집단 농장)에 가입하거나 스스로 새로운 콜호즈를 만들어 농사에 종사한다. 이때부터 고려인의 디아스포라(Diaspora, 유랑공동체집단)에 정한(情恨)서린 삶이 시작된다.

척박한 환경에서도 한국인 특유의 부지런하고 근면 성실한 근로정신으로 땅을 옥토를 가꾸어 정착하게 된다. 고려인 또는 까레이스(Koreys)로 불리는 후손은 중앙 아시아에 50만여 명, 소련에 60만여 명이 거주하고 있는 것으로 확인된다. 우즈베키스탄에는

20만여 명이 거주하는데 주로 수도 타슈켄트와 이곳 사라르탄르에 사는 것으로 파악되고 있다.

이어 고려인협회 여성 10여 명이 한복을 곱게 입고 나와 합창을 한다. 한국의 노래 가수 '해바라기'의 '사랑으로' 외 2곡을 부르는데 즐겁기에 앞서 그간 고난의 긴 여정에 아픔이 동반된다.

다음에는 우즈벡 학생 4명이 연출하는 낭랑한 시낭송 이다. 한국에서 명시로 불리는 김춘수 시인의 꽃이란 시이다.

김춘수 시인의 작품 꽃은 실존주의 문학의 대표작으로 꼽힌다. 존재의 본질과 의미, 그리고 이름이 가지는 상징성을 탐구하는 시로, 동시에 인식되고 싶은 인간의 꿈을 보여주고 있다. 한 마디로 모든 것은 이름을 가짐으로써 그것으로 인식된다는, 어쩌면 당연한 사실을 보여준다.

누구나 공감할 수 있는 내용으로 한국인이 가장 잘 아는 시 중 하나이자, 그 간결함 때문에 가장 많이 패러디되는 시 이기도 하다. 문단에서도 장정일의 '라디오와 같이 사랑을 끄고 켤 수 있다면'과 오규원의 '꽃의 패러디'가 이를 변주한 바 있다.

내가 그의 이름을 불러주기 전에는
그는 다만
하나의 몸짓에 지나지 않았다.

내가 그의 이름을 불러주었을 때,

한글날 기념행사를 마치고 전체

그는 나에게로 와서
꽃이 되었다.

내가 그의 이름을 불러준 것처럼
나의 이 빛깔과 향기에 알맞는〔1〕
누가 나의 이름을 불러다오.
그에게로 가서 나도
그의 꽃이 되고 싶다.

우리들은 모두
무엇이 되고 싶다.
너는 나에게 나는 너에게
잊혀지지 않는 하나의 눈짓이 되고 싶다.

행사 후 고려인 협회 3세 소녀와 외국어대학 교수진

중간 휴식시간에는 컨버런스 밖 로비에서 타슈켄트까지 가서 구입해왔다는 추석 송편을 마련하여 먼나라 타국에서의 추석명절 분위기를 자아냈다. 한국인 뿐만 아니라 함께 온 우즈벡인들도 한국의 추석명품 송편을 들며 말한다.

"한국 추석 송편이 맛있네요!"
"정말 맛있네요. 좋아요!"

다음에는 외국어대학교 한국어학과 '샤흘로 과장님'이 지도한 사물놀이(반장 미럴림)공연이 있었다. 평소 1년여 학교에서 틈틈이 연습한 우즈벡 학생들이 펼치는 시원한 사물놀이는 일품이었다.

행사를 마치면서 단체사진을 촬영하며 마무리 지었다. 중앙아시아 대륙 우즈베키스탄에 울려 퍼진 추석명절 잔치와 한글날 기념 한류(The korean wave)를 대한국인의 한 사람으로서 긍지와 보람으로 생각되었다.

이번 행사에는 외국어대학 한국어학과의 '샤홀로 과장님', '만주라 교수님', 문학박사 '김한글 교수'를 비롯하여 한국 대전 충남대학교 사범대학 '송낙현 학장님', 국제언어교육원 '박종성 원장님'을 비롯하여 여러 관계자가 함께하는 흐뭇한 한국 추석명절 잔치와 한글날 기념 한류 향연이었다.

이번 행사를 위하여 그간 준비한 국제기술대학교 '압들라 예프 총장님'과 한국기술문화대학 '황성돈 학장님'의 노고와 '이희정·황보인영·무니라 한국어학과 교수님'의 수고에 갈채를 보내며 감사를 드립니다.

저녁 무렵 찬바람이 옷깃을 여미게 하고 있었다. 숙소로 돌아오는 길 귓가에는 고려인협회 여성합창단이 부른 노래 해바라기의 '사랑으로'란 노랫말이 귓가에 처연하게 걸친다.

사마르칸트 국제기술대학 한국기술문화대학 학장 황성돈 박사와 함께

내가 살아가는 동안에
할 일이 또 하나 있지
바람부는 벌판에 서 있어도
나는 외롭지 않아

그러나 솔잎 하나 떨어지면
눈물따라 흐르고
우리 타는 가슴 가슴마다
햇살은 다시 떠오르네

아 영원히 변치 않을 우리들의 사랑으로
어두운 곳에 손을 내밀어 밝혀 주리라(中略)

# 외국어대학 한국어학과 학생들
# 한국음식 현장체험 콘서트 운영

2023년 10월 13일(금). 러시아 대륙에 가을이 가고 초겨울 찬
바람이 기웃거리는 날. 우즈베키스탄 사마르칸트 외국어대학 한
국어학과 학생 일부가 사마르칸트 두체노르(Du chinor) 한국식당
에서 한국음식 현장체험 콘서트를 뜻깊게 가졌다.

이날 외국어대학 한국어학과 학생들은 한국음식 현장체험 콘서
트에서 한국음식을 서로 다르게 주문하여 나누어 먹어보며 맛을
비교하기도 했다. 한국음식을 맛있게 먹은 '도스톤' 학생은 이렇
게 말했다.

"나중에 한국에 가서 제대로 맛있는 한국음식을 먹어봐야 겠어
요. 맛있네요. 좋은 자리를 마련해주신 닥터 교수님 고맙습니다."

이어 제2부에서는 기타를 한국에서 가져온 김우영 교수가 한국
노래를 하자 학생들은 따라서 같이 노래를 불렀다. 또한 우즈베키

사마르칸드 두치노루 한식당 체험 중에서

스탄에 잘 알려진 노래 '비어비어'를 부르며 재미있게 레크레이션을 즐겼다.

이 모임을 준비한 '안다르벡' 학생은 이렇게 소감을 밝힌다.

"한국에서 5년여 동안 체류했는데 직장에서 종종 회식을 할 때 노래방을 가서 함께 즐겼던 시절이 생각이 나네요. 오늘 한국음식 체험과 레크레이션을 마련하여 즐거움을 선사한 문학박사 김한글 교수님에게 감사를 드립니다."

한편, 앞으로 이러한 현장체험을 통한 한국을 알아가는데 도움이 되도록 할 계획이다.

초겨울 찬 바람이 부는 중앙아시아 러시아 대륙. 2023년 10월

17일(화) 외국어대학교 한국어학과 3학년 재학중인 여학생 마르
조나(Ismoilova Marjona Kozimqizi, 20세)양이 결혼을 한다며 초대장
을 건넨다.

김 교수는 반장 안바르벡(Maxmanazarov Anvarbek Utkirovich. 남
35세)과 의논하여 '하산' '무르전' 남학생 등 넷 명이서 동행하고
안바르벡 승용차로 출발을 했다. 오후 나절을 붉게 칠하는 서편의
노을을 보며 '코시라콘' 지역을 향하여 사마르칸트시를 벗어났
다.

지난 9월 19일. 우즈베키스탄에 온 이후 처음으로 농촌지역 야
외로 나가는 날이다. 우즈베키스탄의 넓은 들녘을 바라보인 맘이
시원하게 트인다. 그간 우즈베키스탄 사마르칸트 시내에만 머물
렀다.

달리는 차 안에서 저 멀리 말로만 듣던 우즈베키스탄 넓은 들판
이 아스라이 펼쳐져 보인다. 듬성듬성 소와 양들이 풀을 뜯고 있
는 모습이 농촌임을 실감하고 정겨웠다. 또한 하얗게 눈 내린듯한
목화밭도 종종 보인다.

일행 넷이서 도란도란 이야기를 나누며 2시간 정도 달려 '코시
라콘' 지역에 도착했다. '바흘(Bahor, 봄)'이라는 예식장 앞에는
이미 많은 축하객들이 삼삼오오 모여 있었다. 예식장 앞에서 기념
사진을 촬영하고 식장 안으로 들어갔다.

3층 높이의 화려하고 웅장한 예식장에는 그야말로 800여 명의
축하객이 인산인해를 이루고 있어 발 디딜 틈이 보이지 않는다.

외국어대학 한국어학과 3학년 여학생 마르조나(Ismoilova Marjona Kozimqizi, 20세)양이 결혼식장에서

가까스로 3층에 일행은 자리를 잡았다. 만찬상에는 이미 음식이 가득 차려져 있었다. 한국처럼 산해진미는 아니어도 소고기, 양고기, 닭고기 등 육류를 비롯하여 과일과 견과류가 다양하게 울긋불긋한 색상에 골고루 차려져 있었다. 마침 보드카가 보여 반가운 마음에 눈길을 주었더니 옆에 있는 안바르벡 반장이 보드카를 따라준다.

"교수님이 좋아하시는 보드카가 있네요. 자 한잔 드세요. 허허허……"

"하이고 좋아라. 고마워요. 자, 오늘 결혼하는 '마르조나 양'을 위하여 올릭(건배)!"

"하하하…… 올릭!"

우즈베키스탄의 웅장한 결혼식장 풍경

만찬장에서 축배를 드는 사이 오늘의 주인공 예식장 안으로 신랑(21세) 신부(20세)가 입장한다. 무대의 팡파르 음악과 함께 객석에서는 갈채와 환호성이 쏟아진다. 이어 경쾌한 음악과 함께 무대와 객석에서는 춤과 노래 결혼식 축제의 막이 오른다. 일행은 신랑 신부석으로 다가가서 축하의 말을 건넸다. 필자는 준비해간 축의금을 전했다.

다시 3층으로 돌아온 일행은 의논을 했다. '신부의 담당 김우영 교수가 기타를 연주하며 노래를 하는 게 좋겠다'는 의견에 따라 필자가 기타를 들고 중앙무대에 일행과 함께 올랐다.

평소 좋아하는 '사랑해' '찔래꽃'이란 노래로 외국 한국인 교수가 키타를 연주하며 직접 노래를 하자, 객석에서는 환호성과 갈채가 쏟아진다. 흥겨운 무대의 분위기에 취하여 한껏 축제의 클래이맥스가 올랐다.

일행은 돌아오는 밤길 2시간이 먼 탓에 아쉽지만 중간에 일어났다. 돌아올 때는 샛길을 택하여 가깝게 시골길로 돌아왔다.

덜컹거리는 시골길 창 밖으로 까아만 사위가 드리워진 어둠을 보며 오늘 치루어진 화려하고 웅장한 인간애적 우즈베키스탄 결혼 대축제의 몇 시간에걸친 성황과 30분 간격으로 간소하게 치루는 한국의 결혼식과 대조가 되었다.

800여 명의 지역민들이 만나 따뜻한 인간애적이며 안부와 의사소통의 장이 마련된 우즈베키스탄의 결혼 대축제를 보며 30분 간격으로 치루어지는 한국의 결혼식과 비교 할 수 없었다. 신선하고 아름다운 충격이었다.

돌아오면서 오늘 결혼한 '마르조나양'의 행복한 축하하는 맘으로 우즈베키스탄 결혼식 풍습에 대하여 깊게 생각을 해보았다. 결혼식을 여러 부분으로 나눠 며칠동안 진행한다. '중매'(Sovchilik), '약혼'(Fotiha to'yi), '여자 모임'(Qiz bazmi), 아침밥(Nahorgi osh), 결혼식(Nikoh to'y), 이것들 외에 몇 가지 작은 부분으로 나눠서 행사를 진행한다고 한다.

결혼을 하기 위한 첫 번째 순서는 원하는 여자를 찾고 여자 집으로 중매인들 보낸다. 중매인들이 결혼식 허락을 받아 오면 결혼식의 두 번째 순서가 '약혼'이다.

약혼날 남자 부모님이 친척들, 중매인들과 다 같이 여자 집으로 간다. 여자 집에서 여자의 이웃들, 친척들 모아 남자쪽에서 온 손님들과 이야기를 나누고, 먹고, 행사를 즐겁게 보낸다. 약혼날도

작은 결혼식이라는 의미가 있다. 약혼날에 결혼식 날짜를 선택하고 그 날 결혼식을 한다고 약속을 한다.

그 날부터 남자와 여자가 약혼 후 편하게 만나고 시간을 같이 보낼 수 있다. 하지만 결혼식 하기 전에 남자와 여자가 이슬람문화의 영향으로 관계를 가질 수 없다. 약혼행사가 끝나고 남자 집에서 온 손님들에게 여자측은 선물을 준비한다. 집으로 돌아와 서로 받은 선물을 보여주면서 자랑한다.

세 번째 순서가 결혼식 전날에 행해지는 처녀파티(여자모임, Qiz bazmi)라는 날이 있다. 이 날에는 여자 집에서 큰 행사를 하고 이때 이웃들, 친척들, 신부 친구들과 같은 많은 손님들이 신부 집으로 모인다. 처녀파티 때 가수들이 와서 노래도 부르고, 손님들은 먹고, 마시고, 이야기를 나누고 재미있는 시간을 보낸다. 신부와 신부의 친구들 손에다가 처녀로서 마지막 날인 이 날에 아름다움을 표현하고자 '헤나(히나)'를 하는 풍습이 있다.

그 다음이 결혼식. 그 날 새벽에 '나호르기 어시'(아침밥-Nahorgi osh)라는 행사가 있다. '나호르기 어시'에 초대할 사람들에게 초대장을 보내주고 초대장 받은 사람들이 오는 것이다.

이 행사는 남자들만 참석하는 행사이다. '나호르기 어시' 하루 전날 이웃집 그리고 친척 남자들이 오고 'Osh' 만드는 것을 도와주고 행사가 끝날 때까지 여러모로 도움을 준다. 'Osh' 새벽기도가 끝날 시간을 맞춰 준비해야만 한다.

대부분 남자들이 새벽기도를 끝내고 오기 때문이다. 손님들이

결혼식장에서 신랑과 신부 친구들과 함께

오기 시작할때 음악가들이 악기를 친다. 행사 끝날 때까지 악기를 치면서 온 손님들이 좋은 기분으로 식사하고 가기 위해서 노력을 하는 것이다. 온 손님들은 평소 식사 후에 하는 기도를 식사 전, 그리고 식사 후에 두번 결혼식 당사자들을 위해 기도를 해 준다. 손님들이 돌아가면 다른 손님들을 위해 식탁 위를 정리하고 다시 손님 맞을 준비를 한다.

이것은 'Nagorgi osh' 때 손님들이 많이 오기 때문이다. 이런 식으로 2시간 안에 1,000여 명의 손님들이 식사를 하고 돌아간다. 행사 때 행사 주인이 가까운 손님들 중 몇 명에게 의상을 선물한다. 손님들이 모두 돌아간 후에 정리하고 저녁 행사 준비를 시작 한다.

저녁 행사는 결혼식의 주요한 부분이다. 이 행사는 'Tikoh toy' (결혼식) 행사다. 결혼식은 우즈베키스탄 사람들 일생에도 매우 중요한 기념날이다. 공동적인 특징들이 있지만, 지방에 따라 결혼식 행사 모습이 다르게 나타난다. 결혼식 행사의 중요한 부분으로써 신부가 집을 떠나서 신랑 집으로 간다. 이 때 신랑 집에서 보내준 음식들을 먹는다.

　그 후에 신부가 본인 부모님 그리고 친척들과 이별한다. 신부가 떠날 때 신부의 가까운 사람들이 기도를 하고 신부가 신랑하고 행복하게 오래 오래 살기를 바란다. 신랑이 신부를 데리고 자기 집으로 온다. 신랑 집에 오자마자 가수들이 신부를 위해 노래를 불러주고, 신랑 친척들은 춤추면서 마중 나간다. 신부가 신랑 집으로 들어갈 때 입구에 깔아 놓은 카펫과 흰색천을 밟고 들어가야 한다. 이것을 깔아놓는 이유는 신부에 대한 경의를 표현하는 것이다. 신부는 이 카펫 위에서 있으면서 신랑쪽 사람들에게 인사를 드린다.

　이 때 신랑 부모님과 친척들이 신부 위로 돈 그리고 사탕, 초콜릿 같은 달콤한 것을 던진다. 돈하고 사탕을 던지는 의미는 신랑과 신부가 인생을 달콤하게, 행복하게, 부유하게 살기를 바라는 것이다. 신부가 인사를 드리고 신랑과 '이맘' 있는 방으로 들어간다. 거기서 이맘은 신랑과 신부에게 이슬람식으로 허락을 하고 공식적으로 부부라고 발표한다. 보통 이슬람식으로 허락을 받은 다음에 법적으로 혼인신고서를 받는다.

　저녁쯤 되고 신랑 신부가 결혼식장으로 간다. 결혼식장으로 이웃들, 양가 사람들, 친척들, 신랑 신부의 친구들도 함께 간다. 결

사마르칸드(Samarkand)시의 날 소수민족이 펼치는 행사장

혼식 행사는 신랑 부모님의 희망에 따라 2～7시간까지 이어진다.

결혼식장에 여러 가수들이 오고 결혼식이 끝날 때까지 노래 부르고 행사를 재미있고, 행복하게 만들어 준다. 결혼식은 이런 식으로 진행된다. 결혼식장을 나오며 김 교수는 까아만 밤하늘을 보며 자탄을 했다.

"아! 이러한 인간애적이고 따뜻한 결혼행렬이 과연 한국에 있었던가……?"

불바르 길가 가로수에 잘 익은 가을이 타고 있었다. 김 교수는 10월 18일(수) 여슬랏트 마르카즈지역에서 열리는 사마르칸칸드 (Samarkand)시의 날을 맞아 다양한 소수민족이 펼치는 행사장에 들렀다.

사마르칸드 시의 날

　가운데 고려인들은 중앙무대에서 여성합창단이 펼치는 노래와 무용이 있었다. 또 한 편에서는 한국의 전통음식 떡과 과일, 국수, 다례 등이 선 보이는가 하면 장구와 북 등 전통농악놀이 악기도 전시 판매하였다.

　이에 따라 외국어대학교 한국어학과에서는 한국전통음식 현장 체험 일환으로 행사에 견학과 시식을 고려인협회 회장단의 안내로 참여하였다.

　사물놀이는 우즈베키스탄 사마르칸드 국립 외국어대학 한국어 학과에서 의욕적으로 육성 지도하고 있다.

　한국의 전통농악 공동체 의식과 농촌 사회의 여흥 활동에서 유래한 대중적인 공연 예술의 하나이다.

외국어대학 2126 러시아반 사물놀이팀과 함께

타악기 합주와 함께 전통 관악기 연주, 행진, 춤, 연극, 기예 등이 함께 어우러진 공연으로서 대한민국을 대표하는 공연예술로 발전하여 왔다.

각 지역의 농악 공연자들은 화려한 의상을 입고, 마을신과 농사신을 위한 제사, 액을 쫓고 복을 부르는 축원, 봄의 풍농 기원과 추수기의 풍년제, 마을 공동체가 추구하는 사업을 위한 재원 마련 행사 등, 실로 다양한 마을 행사에서 연행되며 각 지방의 고유한 음악과 춤을 연주하고 시연한다.

고유한 지역적 특징에 따라 농악은 일반적으로 5개 문화권으로 나누어 분류한다. 같은 문화권 내에서라도 마을과 마을에 따라 농악대의 구성, 연주 스타일, 리듬, 복장 등에서 차이가 날 수 있다. 농악 춤에는 단체가 만드는 진짜기, 상모놀음 등이 병행된다.

한편 극은 탈을 쓰거나 특별한 옷차림을 한 잡색들이 재미난 촌

극을 보여주는 것으로 진행된다. 버나 돌리기나 어린 아이를 어른 공연자의 어깨 위에 태워 재주를 보여주는 무동놀이와 같은 기예도 함께 연행된다.

일반 대중은 이러한 공연을 관람하거나 참여함으로써 농악과 친숙해지는데, 공동체의 여러 단체와 교육 기관은 농악의 여러 상이한 요소들의 훈련과 전승에 중요한 역할을 담당하고 있다.

농악은 공동체 내에서 연대성과 협력을 강화하고, 공동체 구성원들이 동일한 정체성을 공유할 수 있도록 도와준다.

사물놀이는 사물(꽹과리, 징, 장구, 북)을 중심으로 연주하는 풍물에서 취한 가락을 토대로 발전시킨 계열의 국악이며, 1978년 2월 28일 서울 종로구 인사동 공간사랑에서 김덕수를 중심으로 창단된 《사물놀이》패에서 연주를 한 것이 사물놀이의 시작이다.

이들은 기존의 풍물놀이에 비해 앉은반으로 풍물가락을 실내연주에 적합하게 재구성하였다. 주로 호남풍물, 짝드름, 웃다리풍물, 설장구놀이, 영남풍물 등을 연주한다.흔히 꽹과리 소리는 천둥, 징 소리는 바람, 장구 소리는 비, 북소리는 구름에 빗대어 말하곤 한다.

전통적으로 새롭게 창안된 음악답게 사물놀이패는 관현악단과 협연하거나 재즈 밴드와 함께 공연하는 등 다양한 퓨전이색 활동을 펼치기도 한다.

꽹과리는 천둥을 의미하고, 징은 바람, 북은 구름, 장구는 비를 의미한다. 음양을 나누어 구분하면 가죽으로 만든 북과 장구는 땅

의 소리를 나타내고, 쇠로 만든 징과 꽹과리는 하늘의 소리를 나타낸다. 꽹과리는 덩치가 가장 작으면서 소리는 가장 도도라져서 사물놀이에서 지휘자의 역할을 맡는다.

징은 천을 뭉툭하게 감은 채로 치기 때문에 소리가 여운이 길고 푸짐하다. 사물들 중에서 어머니의 역할을 한다고도 한다. 장단의 머리박에 한 번씩 쳐주어 전체 가락을 푸근하게 감싼다.

장고는 양손에 채를 들고 치는데 높은 음이 나는 쪽을 열편 혹은 채편이라 부르고, 낮은 음이 나는 쪽을 궁편 혹은 궁글편이라고 한다. 그리고 그 각각의 채를 열채, 궁채라고 한다. 사물놀이에서는 꽹과리가 지휘를 맡지만 이를 제외하면 사실 박자의 빠르기나 시작, 그리고 끝을 나타내는 역할을 하기도 한다. 북은 꽹과리와 장고가 집을 지을 수 있도록 터를 만들어 주고, 든든한 기둥을 세우는 역할을 한다.

각종 행사 때 마다 공연하는 외국어대학 사물놀이팀

- 앉은반 : 앉은 자세로 연주하는 형태
- 선반 : 선 자세로 연주하는 형태
- 웃다리풍물 : 주로 경기, 충청지역의 풍물놀이
- 좌도/우도 : 호남을 동서로 나눠 서울에서 보았을 때 좌측인 동쪽의 산악지역을 좌도라 하고 우측인 서쪽의 평야지역을 우도라 한다.
- 판굿 : 머리에 상모를 쓰고 몸에는 악기를 메고 악기를 치며 춤을 추며 다양한 진풀이를 만들어 가는 것을 말한다. 사물놀이가 음악을 연주하는 것이라면 판굿은 치배들의 모든 기량을 보여주며, 화려한 장단과 상모놀이의 기예가 어우러진 종합예술로 우리 민족의 전통연희 중 대중성이 가장 강한 장르이다.

공연자와 관객이 함께 호흡하며 최고의 신명을 느낄 수 있는

'풍물의 꽃'이라 할 수 있을 것이다. 일반적으로 사물놀이 판굿은 거의 비슷하다고 느껴지지만 그 짜임새와 그것을 노는 연희자에 따라 전혀 다른 느낌이 나온다.

한국의 대표적인 전통농악 사물놀이를 전수 운영하는 중앙아시아 우즈베키스탄 사마르칸트 외국어대학에 경의를 표한다. 아울러 전통농악 사물놀이가 이어가도록 힘써 주신 한국어학과에 감사를 드린다.


하염없이 비가 내린다


주르륵—
주르륵—


비가 내린다
중앙아시아 러시아 대륙에
밤새 비가 내린다


이 비가 그치면
이 대륙이 더욱 추워지겠지


맘이 추우니
따라서 몸도 추운 것인가?

외국어대학 교정에서 김한글 교수

며칠째 코감기가 걸려
콧물이 나온다

기숙사 창밖

초겨울 비
주르룩—
주르륵—

감기 콧물도
주르륵—
주르륵—

외로운 지구촌 나그네 맘
아는지 모르는지

하염없이 비가 내린다

주르륵—
주르륵—

# '김한글 교수의 노래로 배우는 한국어' 인기

　　김한글 교수는 그간 20여년 중국과 미국, 캐나다, 필리핀, 일본, 말레이시아, 아프리카 탄자니아, 중앙아시아 우즈베키스탄 등 해외로 다니면서 한국어를 알리는 한편, 체류하는 나라의 현지 언어를 배우고 있다.

　　그런데 현지 언어를 배우는데는 그 나라 노래를 배우며 자연스럽게 언어를 체득하게 되었다.

　　낯선 나라 노래를 자꾸 부르다 보면 그 나라 말이 혀에 닿아 자연스럽게 언어를 익혀 대화가 되었다.

　　또한 그 나라 모임에 참석하여 그 나라 노래를 한 곡 한다면 더 없는 박수와 함께 환영받을 것이다. 반대로 한국을 방문한 외국인이 한국 민요 '아리랑' 이나 가곡 '과수원 길'을 부른다면 얼마나 기특하고 고마운 일인가?

　　김 교수는 그간 20여년 전 세계를 다니며 각 각의 나라에 노래를 배웠다. 미국에 가서는 'The Bee Gees'의 'Don't forget to remember me' 와 'John denver' 'Take Me Home Country Road' 파 팝송을 부르며 '영어회화'를 배웠다.

필리핀에 가서는 'Freddie Aguilar' 'Anak'을 노래하며 '타갈로어'를 배웠다. 또한 아프리카에 가서는 'Miriam Makeba' 'Malaika'와 'Jambo'를 부르며 '스와힐리어'를 배웠다. 그리고 중국에 가서는 鄧麗君의 '月亮代表我的心'과 '甛蜜蜜'를 노래하며 '중국어'를 배웠다.

지난 9월 김 교수는 우즈베키스탄을 방문 'Yuldz Usmonova, Malik'의 'Ay yozr biyo'(에이 여리 비요)를 배우고 있다. 이 노리를 본래 타지키스탄 가수가 불렀는데 우즈베키스탄 가수가 리메이크하여 잘 알려진 경쾌한 노래이다. 우즈베키스탄의 각종 경축 행사에서 많이 부르는 노래이다.

이제 우즈베키스탄 사마르칸트 외국어대학교 학생들이 한국의 노래를 배우고 있다. 한국어를 자연스럽게 배우기 위함이다. 아울러 나중에 한국을 방문하면 한국 친구들 앞에서 번듯하게 한국 노래를 할 것이다.

외국어대학교 '김 교수의 노래로 배우는 한국어'를 통하여 '이라랑' '과수원 길' '고향의 봄' '사랑해' 등 한국의 좋은 노래를 하며 한국어를 배우게 될 것이다.

외국어대학교 김 교수는 지난 아프리카 탄자니아 체류시에 아프리카 학생들에게 '노래로 배우는 한국어 교실'을 운영하여 현지 학생들에게 자연스럽게 한국어를 지도하여 성공시킨 바 있다.

김한글 교수의 한국문화교실을 마치고

귀국시에는 흑인 학생들이 환송회를 하며 한국 노래를 하여 주변 참석자들의 감동과 갈채를 받았다.

찬바람이 불며 겨울을 준비하는 2023년 10월 29일(일). 김한글 교수는 사마르칸트 셔타루스타엘리에 있는 고려인협회(회장 비아슬라이브, 부회장 최라리사, 합창단장 최영미)를 찾았다.

오는 2024년 1월 한국의 월드프렌즈코리아 청년봉사단방문을 앞두고 이에 따른 일정을 고려인협회 비아슬라이브 회장, 최라리사 부회장 등과 만나 일정을 협의했다.

의논을 마치고 오는 길에 저녁만찬 초대를 받았다. 일행은 고려인협회 비아슬라이브 회장이 운영하는 한식당 카타나(katana, 사무라이)를 방문 만찬을 가졌다.

식사하며 대화를 나누는 사이에 고려인협회 비아슬라이브 회장

사마르칸드 고려인마을 문화센터에서

이 구한말 의병장인 왕산 허위 선생(1855~1908)의 훌륭한 가문 후손임을 알았다.

왕산 허위 선생(旺山許蔿先生)은 1908년 13도창의군(十三道倡義軍) 군사장(軍師長)으로서 서울 진공작전을 주도한 구국공신이다. 1896년(고종 33) 3월 10일에 거병하여 김천을 공격한 사실부터 시작해서 1907년(순종 원년)에 다시 의병을 일으켜 1908년(순종 2) 5월 일본군에게 잡히었다.

왕산 허위 선생은 한국 경북 구미시 임은동 출생으로서 13도 창의군 군사장으로 활약한 인물로 1908년 10월 21일 서대문형무소에서 1호 사형수로 순국했으며, 1962년 대한민국은 선생의 공적을 기리어 건국훈장 대한민국장을 추서했다.

– 사마르칸드 고려인협회 비아슬라이브 회장은 구한말 의병장

인 왕산 허위 선생(1855~1908)의 훌륭한 가문 후손이었다. -

    왕산 허위 선생이 운동 할 때 가지고 있던 토지를 팔아 지원하고 진보(眞寶)의병장으로 직접 참전한 허위의 맏형 방산 허훈(애국장), 만주와 노령에서 활발한 독립운동을 전개한 셋째 형 허겸(애국장), 무장독립운동을 위한 군자금 모집활동을 한 사촌 허필(건국포장), 허위가 거의할 때 참여한 장남 허학(애국장), 임청각 종부, 독립군 어머니라고 불린 재종손녀 허은 여사(애족장)가 대표적이다.

    왕산의 순국 후 후손들은 만주, 연해주로 도피했으며, 이 중 4남인 허국 선생의 가족들은 다시 카자흐스탄공화국, 우즈베키스탄공화국을 거쳐 1960년대에 키르기즈공화국에 터를 잡게 됐다. 허세르게이씨는 허국 선생의 손자다.

    오늘 만난 우즈베키스탄 고려인협회 비아슬라이브 회장이 허국 선생의 손자이다.

허게오르기씨(사망)와 허블라디슬라브씨는 허국의 아들로 2006년 독립유공자 후손 자격으로 한국에 특별귀화해 2년간 거주했으나, 정착에 어려움을 겪는 와중에 허블라디슬라브씨의 아내가 건강이 나빠져 2011년 키르기즈공화국으로 완전히 돌아갔다.

일행은 왕산 허위 선생의 애국정신을 흠모하였다. 이어 그 후손 우즈베키스탄 고려인협회 비아슬라이브 회장이 이곳에서 민족혼을 되살리며 고려인협회 발전에 기여하는 일에 위로와 칭찬을 하며 초대 만찬을 마쳤다.

먼 나라 우즈베키스탄에 와서 애국혼의 왕손을 만나고 오는 길이 긍지와 자부심으로 가득한 날 임에 감사를 하는 휴일이었다.


늦가을 서정이 저물며 초겨울로 접어드는 지난 2023년 11월 1일(수). 외국어대학교 교내 캠퍼스에서 학생회 주관으로 맛깔스런

고려인협회 비아슬라이브 회장이 운영하는 카타나 일식당

음식이 선 보여 눈길을 끌었다.

이날 외국어대학에서는 '국가행사를 지키자' 는 슬로건으로 맛깔스런 다양한 우즈베키스탄 음식축제에는 '울르그벡 학장'과 '바코디베르디나리에프 국제부장'과 '울르그벡관리부장' 등 교내 교수진과 관계자, 학생 등이 전통의상을 차려입고 전통음식을 선 보였다.

또한 이날 음식축제에 외국인 교수로 유일하게 참석한 한국어학과 문학박사 김한글 교수는 교내방송국 인터뷰와 축사에서 이렇게 말했다.

"여러분 안녕하십니까. 한국에서 온 한국어학과 문학박사 김우영 교수입니다. 반갑습니다. 중앙아시아 중심국가인 우즈베키스탄은 맛깔스런 음식의 나라 입니다. 오늘 외국어대학에서 국가 단위 전통 음식축제를 갖는 것은 매우 좋은 일 입니다. 어느 나라나

축제장에서 학생들과 함께

전통음식은 있게 마련인데 오늘처럼 학생들이 주관하여 전통음식을 직접 만들어 선 보이는 것은 유익한 일 입니다. 우리 한국에서도 대학에서 이러한 음식축제가 있습니다. 오늘 축제를 계기로 우즈베키스탄 음식문화가 더욱 발전하기를 바랍니다. 축하드립니

다. 감사합니다."

학생들이 직접 조리하여 선 보인 음식은 우즈베키스탄의 대표적인 전통 요리 '어쉬 팔로브(Osh Palov, 볶음밥)'와 '논(Non, 빵)', '샤슐릭(Shashlik, 양꼬치)' 등이 있었다. 위의 3가지 전통음식이 없으면 우즈베키스탄 사람들이 어떤 잔치도 열지 않는다고 한다. 그래서 이 음식을 '음식의 3대 여왕'이라고 부른다.

중앙아시아 중심국가인 우즈베키스탄은 120여 개의 소수민족이 공존하는 다민족국가로 구성되어 각 각 다른 독특한 음식문화를 갖고 있다.

음식문화에는 크게 우즈베키스탄 민족의 전통적인 음식과 러시아 음식의 요소가 나타나고 있으며 소수민족인 위구르인, 고려인, 카자크인의 전통적인 음식들 가운데에서도 민족에 관계없이 보편화 된 음식들이 많다.

우즈베키스탄 사람들은 다양한 종류의 고기와 치즈, 양젖, 발효성 유제품 같은 낙농제품을 즐겨 먹는다.

대표적인 전통 요리 '어쉬 팔로브'와 '논', '샤슐릭(Shashlik, 양꼬치)'은 우즈베키스탄 사람들이 어떤 잔치도 열지 않는다고 한다. 그래서 이 음식을 '음식의 3대 여왕'이라고 부른다.

특히 결혼식이나 생일, 장례식, 명절 등 특별한 날에는 항상 '어쉬 팔로브'와 '논', '샤슐릭'을 만들며 집에 손님이 오면 반드시 팔로브를 만들어 대접한다.

가. '어쉬 팔로브(Osh Palov, 볶음밥)'

　'어쉬 팔로브(Osh Palov, 볶음밥)'는 지역에 따라 재료와 만드는
방법이 차이가 있고 맛도 조금씩 다르며 한국의 볶음밥과 비슷하
지만 맛과 만드는 과정이 많이 다르다.

　요리 방법은 달군 양기름에 양파와 고기(양고기, 쇠고기)를 넣고
익힌 후 노란 당근을 넣어 볶은 후 물을 적당하게 넣고 끓여 씻은
쌀을 넣는다.

　쌀이 반쯤 익었을 때 마늘과 건포도, 콩 등 원하는 재료를 넣어
쌀이 익을 때까지 뜸을 들이면 된다. 만드는 방법이 간단해 조리
시간이 30~40분 밖에 걸리지 않는다.

　어시 우즈베키스탄의 여러 공동체들이 만드는 전통로요리 문화
유산이다. '식사의 왕'이라는 별칭으로도 알려진 어시 팔로브
(Osh Palov)'는 야채와 쌀, 고기, 향신료를 이용해서 조리하며 최
대 200가지에 팔로프는 고기, 양파, 당근, 허브, 향신료 등을 넣
어 만든 쌀 요리로 우즈벡의 대표적인 음식이다. 우즈베키스탄에
서는 매일 식탁에 오르는 음식으로서 축제와 의례에서도 매우 중

요한 자리를 차지한다.

팔로브와 관련 있는 민간 풍습이나 의식은 우즈벡에서 환대의 개념과 연관되어 있다. 보통 의식용 음식은 사람들이 국가 정체성을 확립하고 전통적 가치에 애착을 갖게 하는 등 감정적으로 큰 영향을 미친다. 이런 의미에서 팔로프 전통은 지역 공동체 사회에서 사회적 관계를 규정하는 요소, 사람들 사이의 사회적 상호작용의 특별한 한 형태, 그리고 가족과 개인에 대한 자기 확인의 한 방식으로 여겨질 수 있다.

팔로브 의식은 생애의 특별한 통과의례마다 존재한다. 그중 몇 가지를 예로 들어보면 다음과 같다.

'팔로브'에 대한 전설 중 하나는 알렉산더 대왕에 의해 만들어졌다는 설이다. 알렉산더가 전쟁 중 병사들이 손쉽게 먹을 수 있고 영양가도 높으며 열량과 포만감이 오래가고 맛있는 음식을 만들 것을 취사병에게 명령 하자 그 취사병이 고심 끝에 만든 것이 '팔로브'라는 얘기가 있다.

지금까지도 전쟁터에서처럼 '야외에서', '큰솥에' 그리고 꼭 '남자가' 만들어야 최고의 요리로 여긴다. 특히 야외에서 맑은 공기와 함께 재료가 익어야 제맛이 난다고 하고 집에서는 통풍도 안되고 해서 맛이 떨어진다.

나. '논(Non, 빵)'

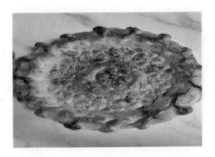

또한 우즈베키스탄 식탁에는 빠질 수 없는 주식으로 '논'이라
는 벌집 모양의 큰 진흙 가마에서 굽는 빵이 있다.

한국 사람들이 밥 없이 반찬을 먹지 못하는 것과 같이 우즈베키
스탄 사람들도 '논(Non, 빵)'이 없이 식사를 안 한다. 논은 밀가루,
물, 소금과 이스트 밖에 안 들어가지만 고소하고 맛있다.

'논'에는 여러 풍습이 있다. 남자가 여자의 부모님에게 결혼 허
락을 받으러 갈 때 반드시 논을 챙겨 간다. 여자의 부모님이 남자
를 마음에 들어하면 논을 찢어서 나눠 먹고 그렇지 않으면 그대로
다시 돌려서 보낸다.

이 밖에 논은 오랫동안 보관이 가능해서 가족이나 친한 사람이
군대에 가거나 오랫동안 집을 떠나야 할 때 논을 한 입 먹게 한 뒤
그 사람이 무사히 잘 다녀오라는 의미에서 다시 돌아올 때까지 남
은 논을 보관한다고 한다.

다. '샤슬릭(Shashlik, 양코치)'

일반적으로 '샤슬릭(Shashlik, 양코치)'과 우즈베키스탄 같은 구소련지역 국가에서 많이 먹는 타타르식 고기 꼬치 구이 요리. 주재료는 소고기, 양고기로 만든 샤슬릭만 있었으나 점차 대중화되면서 닭고기, 돼지고기로 만든 샤슬릭도 흔히 먹게 되었다. 고기만 사용하는 것이 아닌 심장, 혀 등의 부위도 사용하며, 러시아식 빵에 더해 양파 등의 채소류도 곁들여 먹는다.

고기 크기가 작은 중국식 양꼬치에 비해 샤슬릭은 크게 뭉텅뭉턴 썬 고깃덩이 여러 개를 상당히 크고 긴 쇠꼬챙이에 꿰어 굽는다. 따라서 한 꼬치가 더 비싸고 양도 더 많은데, 작은 고기를 양념으로 뒤덮다시피 한 중국 양꼬치와 달리 한번 구운 꼬치에 원하는 만큼 소스를 첨가해 먹는 식이기에 양고기 본연의 맛을 즐길 수 있다.

# 중앙아시아 문화는 우리 민족 문화의
# 같은 뿌리

 중앙아시아 국가인 우즈베키스탄은 120여 개의 소수민족으로 구성되어 각각 다른 독톡한 음식 문화의 맛깔스런 음식의 나라 중앙아시아 우즈베키스탄.

 중앙아시아 문화는 우리 민족 문화의 뿌리와 깊게 연관되어 있는 곳이다.

 우리나라 고대사 혹은 선사시대의 역사와 분리해서 생각할 수 없을 정도로 밀접한 관계가 있다. 우리나라 문화와 전통 가운데 중국적인 요소들을 제거하고 순수하게 우리의 것이라고 할 수 있는 것이 있다면 그것은 곧 그 뿌리와 맥락이 중앙아시아의 문화와 같다.

이리하여 우리나라와 중앙아시아는 뿌리가 같은 민족적 동질감에 따스한 휴머니즘(Humanism)을 느낀다. 문득 생계적 수단의 음식은 먹는 행위의 당위성이 아닌 민족의 역사와 삶 그 자체라는 생각이 든다.

## 우 파 친과 외로움 나누기

언제 어디서 들어 왔는지 몰라도
한국 파리와 닮은 우즈벡 파리 한 마리
외국어대학교 기숙사
나그네 방에 머문다

한국 같으면 파리채로 잡거나
밖으로 몰았을 터
그러나 그냥 두었다
아니 먹다만 찬밥을 열어놓고
먹고 노닐라고 판을 열어 주었다

먼 나라 한국 창공을 날아
중앙아시아 타슈켄트 비행 7시간
다시 터덜터덜 꼬불길 4시간 달려온
외로운 지구촌 나그네 찾아온
그리운 우파친(우즈벡 파리 친구)이여!

너도 얼마나 외로우면
지구촌 나그네를 찾았으랴

그랴, 이내 몸도 외롭고 쓸쓸하다

유일한 한 방 동거
우즈벡 파리 친구 우파친
그립고 반갑구나

부지런히 잘 먹고
둘이 오순도순 잘 지내자
한국말을 유일하게 나눌 친구 우파친

문 열고 나가면 한국말 오 간 데 없고
피부색 다른 우즈벡, 러시아, 타타르, 카자흐, 타지크
카라칼파크인들이 내쏟는 말

이곳은 먼 나라 중앙아시아
러시아 대륙 우즈베키스탄

문득, 독일의 작곡가 '요한 바하'의 말이 생각난다.

"천 번의 키스보다 더 감미로운 커피와 맛깔스런 음식이 최상
최고의 선물이다!"
또한 서양의 철학자 '루드빗히 안드레학다아스 포이에르바하'
는 이렇게 말했다.
"먹는 바, 그것이 인생이다!"

중앙아시아 우즈베키스탄공화국(Republic of Uzbekistan) 실크로
드 중심의 문화유적도시 사마르칸드 국립 외국어대학교(총장
Fazliddin Ruzikulov)가 개교 제29주년의 뜻깊은 기념 행사를 가졌
다.

개교 행사 시작은 대학 현관에서 갖은 기념 메세지 남기기였다.
관리과 울르그벡이 달아주는 뱃지를 달고 필자도 한국어학과 교
수의 한 사람으로 이에 참여를 했다. 이어 4층 대강당에서는 대학
근무성적과 학업성적이 우수한 교원과 학생이 상장을 받았다. 이
를 기념하는 축하 행사가 이어져 많은 참석자들의 박수를 받았다.
또한 외국어대학 10개 학과 학생들이 무대에 서서 세계 각 나

외국어대학 개교 제29주년기념 행사

라의 말로 인사를 하는 이색적인 모습에서 외국어대학의 위상을
드높혀서 객석의 박수를 받았다.

이어 휘날레는 우즈베키스탄 대표적인 전통 요리 '어쉬 팔로브
(Osh Palov, 볶음밥)' 800명이 먹을 수 있도록 준비하여 참가자와
기숙사에 있는 학생들에게 급여하는 자상함을 보여 좋은 반응을
얻었다

김한글 교수도 한국어학과 '만주라(Rashidova Manzura
Baxtiyorovna)' 교수님 안내로 개교 행사장에 참여하여 제29주년
행사를 끝까지 박수를 치며 관람을 했다.

사마르칸드 외국어대학은 1994년 11월 8일 우즈베키스탄 제2
의 도시인 사마르칸드에 개교하였다. 동방대학과 니자미대학과
함께 우즈베키스탄에서 3대 한국어 고등교육기관으로 명성을 알
리고 있다.

외국어대학 입구 눈 오는 날 김한글 교수

외국어대학은 1994년 11월 8일 우즈베키스탄 공화국 대통령령에 의해 설립되었다. 운영교과목안 영어, 독일어, 프랑스어, 이탈리아어, 스페인어, 아랍어, 일본어, 한국어, 중국어 및 번역 분야이다.

외국어대학은 4년제 국립 외국어대학교로, 4개 단과대학에 300여 명의 교수진과 3,000여 명의 학생 중에 한국어학과 재학생이 300여 명에 이른다.

그간 학생들은 6개의 대통령 장학금, 15개 이상의 A.Navoi 장학금, 2명의 이슬람 Karimov 학자 및 100개 이상의 다양한 프로그램, 올림피아드 및 국제 전시회를 열었다고 한다.

외국어대학교 동양어학부(학부장 Husanov Ulugbek Toshmurodovic, 부학부장 Axmedov Xurshid Tulqinovich)는 1995년 8월 12일에 설립되었으며, 2001년 9월에 '한국어문학부로 명칭을 변경하였고,

외국어대학 입구 눈 오는 날 건물

2005년 9월 본 학부를 기반으로 '번역이론 및 실습학과'를 신설하였다. 2021년 9월 '동양어학부'로 운영되고 이다.

'한국어학과(과장 샤훌로, Nazarova Shahlo Bakhtiyorovna Ph.D') 교수들은 '한국어 연구 및 교육의 현안'이라는 과학적인 방향으로 과학적인 연구를 진행하고 있다. 우즈베키스탄 국립대학교, 우즈베키스탄 국립 세계어대학교, 타슈켄트 국립동양연구소, 니자미 타슈켄트 국립사범대학 및 한국교육원-교육원, KOICA 협력기관, 서울국립대학교, 전남 국립대학교, 전주 국립대학교와 선문대학교, 제주대학교 과학이론, 과학실무학술회의가 개최되고 있으며, 국어학과 교수 및 교원들이 과학논문으로 참여하고 있다.

한국어학과는 과학적 체계적 활동을 하고 있으며 교수의 연구 수행을 위한 장래 계획이 수립되고 있으며, 그 계획의 이행을 지

한국어학과(과장 샤홀로, Nazarova Shahlo Bakhtiyorovna Ph.D') 교수

속적으로 모니터링한 결과 다양하고 권위 있는 과학 분야의 학술
논문과 초록을 다수 발표했다. 저널 및 컨퍼런스. 승인된 계획의
틀 내에서 학과의 과학적, 교육적 잠재력을 높이기 위해 많은 젊
은 교원들이 과학 연구 작업을 수행하고 있다.

2011년부터 2023년까지 한국어학과에 한국 출신 외국 교수
20명이 넘으며, 한국어를 가르칠 수 있는 권리를 가진 국제자격
증을 바탕으로 가르치고 있다. 현재 한국 코이카 출신으로서 아프
리카 탄자니아 외교대학과 한국 중부대학교 교수를 지낸 한국인
문학박사 김우영 교수가 한국형 현장감으로 한국어를 지도하고
있다.

그리고 지난 2010년 9월 7일 본과에 한국국제협력단 코이카
지원으로 설립된 멀티미디어 학습실이 개관했다. 12대의 대형
PDP TV, 빔 프로젝트, 스피커 등의 장비를 갖추고 있고 한국어
및 한국문화를 소개하는 다양한 영상자료가 마련되어 한국어학과
학생들의 한국어 능력향상에 기여하고 있다.

외국어대학교 한국어학과는 한국어를 비롯하여 한국의 역사와 문화도 가르친다. 그리고 한국어학과에는 학생들이 주축이 된 부채춤 동아리와 사물놀이 동아리 활동이 활발히 이루어지고 있다.

한국어학과 학생들은 오는 12월부터 인근에 있는 고려인협회 3-4세들에게 사물놀이와 한국어를 가르칠 예정이다. 우즈벡어와 한국어는 문법적으로 거의 차이가 없다. 문장 구조도 똑같다. 따라서 우즈벡어를 구사하는 학습자들이 한국어 습득율이 상대적으로 높은 편이다

사물놀이 동아리는 인기가 많다. 학교 행사뿐만 아니라 사마르칸드 시에서 개최되는 한국 관련 행사에도 적극 참여하여, 한국문화 전도사로서의 역할을 톡톡히 하고 있다.

지난 3월 21일에 개최된 우즈베키스탄을 포함한 중앙아시아 여러 국가의 전통 명절인 '나브루즈' 때 한국어학과 사물놀이 동아리는 시내 광장에서 신명나는 연주를 펼친 바 있다.

또한 본 대학 한국어학과 문학박사 김한글 교수가 상임대표로 있는 한국비영리 문화나눔 민간단체 한국문화해외교류협회 10여 봉사단이 2024년 4월 본교에 방문했다. 한국어도서 기증과 문화 행사를 가졌다.

우즈베키스탄에 살고 있는 누군가에게 '당신은 한국을 생각하면 떠 오르는 단어가 무엇입니까?' 라고 질문을 하였을 때 '겨울연가' '주몽' '김치' '오빠강남스타일', '케이팝' 등의 대답을 쉽

외국어대학 한국어교실에서 김한글 교수

게 들을 수 있을 것이다.


우즈베키스탄의 많은 사람들이 한국, 한국어, 한국문화에 대해
서 잘 알고 있다. 그만큼 우즈베키스탄과 한국은 문화와 언어의
동질성이 여러 분야에 겹치고 있다.

우즈베키스탄에는 '고려인' 또는 '고려사람'이라고 부르는 한
국인들이 1937년 강제이주 이후 지금까지 이곳에 살고 있다. 이
전 우즈베키스탄 거주 고려인이 23만 명에 이른 적도 있다. 현재
는 약 18만 명의 고려인이 거주하고 있다.


고려인들의 전통음식인 '반차니(반찬)', '국시(국수)', '짐치(김
치)', '바비(밥)' 등을 한 번도 안 먹어 본 우즈베키스탄 가족은 없
을 것이다. 그리고 우즈베키스탄 사람들에게 '고려인에 대해 어

130개 소수민족 우즈베키스탄 축제에 고려인협회 부녀회원들이 합창하고 있다

떻게 생각합니까?' 라고 묻는다면 "부지런하고, 친절하고, 머리가
좋고 현명한 사람들입니다!"라고 대답을 할 것이다.

한편, 한국과 우즈베키스탄은 1992년 1월 대사급 외교관계를
수립하고, 1993년에 상주대사관을 설치하였다. 우즈베키스탄에
는 그동안 많은 대학에 한국어 전공 대학이 개설되었는데, 수도인
타슈켄트가 아닌 지방에 설립된 대학 중에 가장 대표적인 대학이
'사마르칸드 국립 외국어대학교' 이다.


한국의 사랑이 왔다


우리나라 24절기 중 스무 번째 절기 소설(小雪)
첫눈 내린다는 소설 한국은 눈이 많이 왔단다

이날 고국 한국으로부터 따뜻한 사랑이
시나브로 저미어 다가 왔다


중앙아시아 러시아대륙 우즈베키스탄 추위 떨지 말라며
두툼한 잠바와 속깃이 달린 창바지를
EMS 국제항공 우편을 보내왔다


한국 출발 중국-몽고-카자흐스탄-키르키스스탄 거쳐
이중 내륙국 우즈베키스탄에 두 달 걸쳐 온다던 우편물
신기하게도 1주 만에 도착


감기 걸리면 약 사 먹고
먹고 싶은 것 사 먹으라며
청바지에 주머니 한국돈 꼬깃꼬깃 동봉한
그 따뜻한 사랑의 손길!


눈물겹게 고마워 찌푸린 우즈베키스탄
외국어대학 한국어학과 강의실에서 하늘가를
한동안 멍— 쳐다 보았다


그 사랑의 온정 손길 덕분
중앙아시아 러시아대륙 우즈베키스탄

올 겨울은 따스하게 날 것 같다

문득, 1910년 5월 29일 서울 출생
중국 상해 호강대학 영문과를 졸업
서울대학에서 후학을 가르치시며
평생 아름다운 정조와 생활을 노래한
순수서정의 피천득 교수님 인연글 생각난다

"어리석은 사람은 인연을 만나도 몰라보고,
보통 사람은 인연인 줄 알면서도 놓치고,
현명한 사람은 옷깃만 스쳐도 인연을 살려 낸다!"

2023년 11월 22일

소설(小雪)날에

중앙아시아 러시아대륙 우즈베키스탄 외국어대학에서

지구촌 나그네

# 한국대사관 나동건 영사
# 사마르칸드 교민과 간담회

　중앙아시아 대륙 우즈베키스탄 이슬람의 대표적인 문화유적지 레기스탄(Registan) 광장에 늦가을 낙엽이 초겨을 바람따라 뉘이는 2023년 11월 15일(수) 오후 6시. 레기스탄 중심지에 있는 한국식당 아리랑 레스토랑(대표 최동희. 52세)에서 우즈베키스탄 주재 한국대사관 나동건 영사가 사마르칸드 거주 주요 교민들과 만나 간담회를 가졌다. 이날 간담회 서두에서 나동건 영사는 교민들에게 이렇게 당부했다.

　"이제 추워지는 겨울철을 맞아 각별히 감기에 걸리지 않도록 건강을 챙겨 세계경제협력 OECD 제10위권 내의 자랑스런 대한민국 국민으로서 자긍심을 가지고 하는 일에 최선을 다하여 주십시오. 또한 재외국민 3개월 이상 체류시 재외국민등록을 하게 되었으므로 꼭 등록하여 편안하고 안전한 국외생활이 되기를 바랍니다. 오늘 이렇게 사마르칸드 지역의 각계 각 분야의 주요교민들을

사마르칸드 레기스탄에 있는 아리랑 한식당

만나게 되어 반갑습니다. 현지국 생활이 편안하고 행복하십시오.
행복하세요."

우즈베키스탄 주재 한국대사관 나동건 영사는 사마르칸드 거주
주요 교민들과 만난 간담회는 교민들의 여권과 관련한 일, 안전에
관한 일, 재외국민은 등록 등 현지국에 거주하며 발생하는 어려운
일을 다양하게 상담하는 유익한 자리가 되었다.

우즈베키스탄 한국교민회 사마르칸드지역 유인영 이사님 주선
으로 마련된 간담회에서 교민들은 각 분야에서 활동하며 겪은 다
양한 사례체험을 나누며 타국에서의 소중한 정보를 나누는 친교
의 시간을 가졌다.

이날 각별한 인연이 발생했다. 에터미 이정기 마스터님이 한국
세종 조치원 명동초등학교를 졸업했는데 필자가 명동초등학교에

근무하여 동문 관계가 형성되는 인연이 있었다.


"아이고 반가워요. 먼 나라에서 초등학교 동문을 만났네요!"

"오는 18일 토요일 오후 4시에 레기스탄 아무르 티무르 동상 앞에서 따로 만나 동문회 하지요!"

"좋치요. 좋아요!"

"허허허……짝짝짝……"


그리고 전날 교민 간담회에서 만난 허우식 회장님이 다음날 외국어대학교로 방문하여 필자와 반가운 재회를 한 것이다.

2023년 11월 15일(수). 레기스탄 한국식당 아리랑 레스토랑에서 우즈베키스탄 주재 한국대사관 나동건 영사님 주재 사마르칸드 교민들과 만난 간담회. 끝으로 국립 외국어대학교 한국어학과 문학박사 김한글 교수의 통기타 반주에 맞추어 한국의 대표적인 노래 '아리랑'과 '찔레꽃' '사랑해'를 다 같이 합창하며 뜻깊은 휘날레를 가졌다.

사마르칸드 레기스탄아리랑 한식당에서 축하에 노래를 하는 김한글 교수

우즈베키스탄 나브루즈(Navruz) 축제는 가장 큰 명절

중앙아시아 대륙 우즈베키스탄은 '흥겨운 축제가 많은 행복한 나라!' 라는 생각이 든다. 지난 9월 19일 입국 이후 벌써 여러 번의 축제 행사가 있었다.

지난 10월 1일 스승의 날을 시작으로 10월 18일 사마르칸드시의 날, 11월 1일 전통음식축제의 날, 11월 8일은 외국어대학교 개교 29주년의 날, 11월 17일은 학생의 날 등 5회에 걸친 축제 흥겨운 행사에 동화(同化)되어 참여하였다.

김한글 교수는 5회에 걸친 축제 현장을 찾아다니며 함께 즐기었다. 우즈베키스탄 문화를 알고 체험하기 위함이었다. 나름데로 보람과 즐거움이 있었다. 이러한 축제 현장을 찾은 필자를 현지인들은 두 손으로 반기어 주었다.

축제가 많은 중앙아시아 우즈베키스탄의 대표적인 축제는 명절에 갖는 '나브루즈(Navruz)' 이다. 나브루즈 축제는 매년 3월 31

우즈베키스탄 나브루즈(Navruz) 축제는 가장 큰 명절

일. 나브루즈(Navruz)는 'Nav'는 '새로운' 'ruz'는 '날'이란 명칭의 페르시아어이다.

오랜 기간 이어져 온 나브루즈 축제는 2009년 9월 유네스코(UNESCO)무형 문화유산 대표 목록에 포함되었으며 2010년 2월 말 64차 유엔 총회에서는 3월 21일을 국제 나브루즈의 날(International Day of Navruz)로 선언했다.

또한, 나브루즈는 페르시아, 투르크 족을 포함해 중·소 중앙아시아 국가들에서 보내는 첫 봄의 명절이다. 용어는 '노브루즈(Novruz)·노우루즈(Nowrouz)·누루즈(Nooruz)·나브루즈(Navruz)·나우로즈(Nauroz)·네브루즈(Nevruz)' 등 나라마다 비슷한 명칭으로 불리고 있다. 이 국가들은 모두가 옛 실크로드의 길목에 있었던 국가들이다.

외국어대학 야간축제에 참여한 김한글 교수

우즈베키스탄만의 '나브루즈'에 먹는 전통 음식으로는 7가지 곡식의 싹을 틔워 곱게 빻은 후 하루 이상을 고아내어 봄철 기운을 그대로 담은 비타민의 보고 '수말략'과 겨우내 찬바람과 눈을 이겨내고 푸릇푸릇 얼굴을 내민 봄철 채소로 만든 화덕 야채 파이 '쌈싸', 축제에는 절대 빠질 수 없는 대표 음식인 '플롭', 손으로 곱게 빚은 전통 과자와 '칼림' 등이 있다.

또한 이 날은 공휴일이어서 3일~4일간 쉬기도 하고 학교는 보통 3월 21일부터 4월 1일까지 방학을 한다.

이러한 행복한 축제의 나라 우즈베키스탄의 11월 17일(금)은 '학생의 날'이었다. 따라서 사마르칸드 외국어대학에서는 학생의 날 축제가 열렸다.

낮부터 시작한 학생의 날 축제는

기숙사 앞 공원마당에서 부스별로 그림그리기, 전통음식준비하기 등 다양한 프로그램으로 열렸다.

밤에는 경쾌한 음악에 맞추어 흥겨운 노래와 춤이 이어져 밤하늘에 울려퍼졌다. 이 행사에 필자도 통기타를 지참하고 한국의 전통민요 '아리랑' 을 열창했다. 박수를 많이 받았다.

지난 9월 19일. 입국 이후 5회에 걸친 여러 번의 축제행사에 참여하여 함께하는 우즈베키스탄 우즈벡인 현지인 필명 우사안 (Uz Sa Aan)으로서 동화된 행복한 시간이었다.


우즈벡 아리랑 아라리요


고국 한국을 따나온 지
벌써 한 달이 넘어가고 있다


지난 2023년 9월 18일 밤 9시
중앙아시아 우즈베키스탄 타슈켄트 국제공항도착


수도 타슈텐트를 출발
가로등도 없는 덜컬 덜컹 까아만 도로
5시간동안 달려 새벽녘 도착한
중앙아시아 실크로드 문화유적도시 사마르칸트

허기진 배
논(Non, 빵)으로 요기하며 지친 맘
달래려고 마신 러시아 술 독한 보드카에 취하여
피곤한 여독과 함께 몸이 풀려
대학 기숙사방에 쓰러졌다

다음날 하루 쉬고
9월 21일부터 대학 강단에 섰다

앞으로 운영할 외국어대학 한국어학과
커리큘럼(Curriculum)강의 방향이나 계획을
멀리 한국에서 온 외국인 교수에게
누구 한 사람 가르쳐주지 않았다

대(大)~한국인 호연지기와
평소 하던대로 강단에서
순발력있는 달변으로 생활하고 있다

현지 적응력 $100^{\circ}$C
모래사막에 던져져도 살아갈
지구촌 나그네가 아니던가!

한국어학과 강의중에 수시로 우즈벡 아리랑 아라리요를 불렀다

저 멀리 까레이스에서 온
Dr. kim 우사안(U sa an) 교수가 누구인가……?
얼마나 잘 가르칠까……?
도대체 그는 누구이기에
이 먼 나라에까지 날아왔을까……?


20대 젊은 학생들 예리한 시선
발 끝에서 머리 끝까지 살피는 그들


언행 하나 하나에 한국인이란 명예 어깨 매고
한류(韓流, The korean wave)를 중앙아시아 러시아대륙
대한민국을 널리 알리고 있으네


앞으로 1년여동안 함께 해야 할
초롱한 눈망울의 20대 청년들과 생활

보람되고
긍지가 되는 맘으로 생활해야지


나는 야, 1급 세종 25년 1443년 창제한 한국어 문학박사
나는 야, 1급 국위선양 전도사
나는 야, 1급 민간외교관


한국에서 달랑 어깨에 매고 온 통기타 하나 들고
한류장을 펼치고 노닐고 있다네


어얼쑤 ~~~ 저얼쑤~~~
아리랑~~~ 아리랑~~~
아라리요~~~
우즈벡 아리랑 아라리요~~~
잘 넘어가네~~~


  2024년 2월 20일(화). 한국의 절기로는 얼어붙은 대동강 물이
풀린다는 '우수(雨水)'이다. 한국은 비가 내리며 봄기운이 다가온
다는데 먼나라 중앙아시아 대륙 우즈베키스탄은 지난 밤에 내린
눈으로 10cm 정도 수북하게 쌓였다.


  늘 하는 버릇처럼 외국어대학 기숙사에서 이른 아침에 일어나

외국어대학의 기숙사 앞 아름다운 설경

세수와 머리를 감고 노트북에 연결된 한국 KBS 라디오를 틀었다.

그리고 간단히 운동복 차림으로 옷을 입고 나서 대학 캠퍼스를 산책하였다. 지난밤 내린 하얀 눈으로 세상은 온통 덮인 겨울 풍경이다. 새하얀 눈길을 걸으며 사진과 동영상을 촬영했다.

아무도 걷지 않은 하얀 세상 눈밭을 걸으려니 문득 한국의 선각자 서산대사(西山大師)의 선시(禪詩)가 생각이 난다.

답설야중거(踏雪野中去)
불수호난행(不須胡亂行)
금일아행적(今日我行踏)
수작후인정(遂作後人程).

(눈 내리는 들판을 걸어갈 때 발걸음을 함부로 어지러이 걷지마라. 오늘 내가 걸어간 이 발자국은 마침내 후세들에게 길이 되리라.)

　눈이 내린 캠퍼스를 걸으며 이 시를 생각하니 모든 일이 마음속에 잔존한 미움과 갈등이 깨끗하게 사라졌으면 하는 생각이 든다. 축복과 서설(瑞雪)이라는 눈 내린 우즈베키스탄 사마르칸드 국립외국어대학과 한국어학과의 학업이 잘되도록 새하얗게 덮혔으면 하고 소망한다.

　또한 갈 곳 없이 떠 도는 대학 주변의 고양이와 강아지들이 이 추운 날 별 일 없이 잘 견디었으면…….

# 사마르칸드 종성 발음 'd' 와 't' 에 대하여?
## 조르(Zo'r)!

2000년대 초반 한국 드라마가 해외로 수출되면서 시작된 한류 (韓流. The Korean Wave) 열풍은 전 세계로 급속히 확산되고 있다. 지난 2019년 코이카 소속으로 아프리카 탄자니아를 갔을 때 까아만 얼굴에 하얀 이를 드러내며 현지인들이 인사를 했다.

"안녕하세요!"
"감사합니다!"

이러한 한국어법 인사는 캐나다 몬트리얼, 일본 오사카, 말레이시아 쿠알룸프, 베트남 호치민, 몽골 울란바트로 등을 방문해도 마찬가지 였다. 이제 한국어만 알아도 전 세계인과 소통에 문제가 없어 보였다.

　"아하? 그래서 앞으로 한국어가 UN 세계 공용어가 된다고 하는구나!"

　한국어 열풍은 예외없이 중앙아시아에서도 강하게 불고 있다. 특히, 우즈베키스탄에서 '한국어교원이라면 업고 다닐 정도!' 로 귀하고 다정하게 대해 준다.

　얼마 전 사마르칸드 기차역 앞 정육점 주인 '조이' 는 가게 앞에서 만난 필자를 보고 고기 한 근을 칼로 쓱싹…… 하고 한 점 떼어 주었다.

　"독또르 킴. 타니시 가님단 호사만 후르싼드만(만나 반갑다)."
　"헤이, 조이, 아쌀러무 알라이쿰(안녕 조이 안녕)!"
　"조이 까따 라흐마트(대단히 감사해요)!"
　"조르, 코리쉬쿤차(좋아, 다음에 만나요)!"

　이 뿐이 아니다. 종종 가는 마트에 가면 쏘세지를 그냥 주고, 숙소 경비원 홀메르잘과 주변에서는 빵과 우유를 갖다 주곤 한다.

인정과 따뜻한 마음이 묻어나는 중앙아시아 우즈베키스탄에 근래 한국에서 손님들이 많이 방문하고 있다.

지난해 12월 26일은 한국 사이버외국어대학과 경희글로벌한국학원과 이중언어학회가 방문하여 2박 3일간 세미나를 가졌다. 이어 올해 1월 10일에는 한국청년대학생봉사협의회 25명이 방문하여 11일간 한국어와 한국문화 봉사를 마치고 돌아 갔다.

그리고 이어 1월 29일은 서울대학교 글로벌공헌단 25명이 방문했으며, 오는 2월 22일은 부산외국어대학교와 한국기술대학교에서 연이어 방문했다.

또한 오는 4월에는 한국 서울봉사단체 UN경제사회 특별협의 지위 NGO단체에서 한다.

중앙아시아의 대표적인 중심국가는 우즈베키스탄이고 그 가운데 실크로드의 중심도시가 바로 사마르칸드이며, 한국어교육 20년 자랑의 독보적인 상아탑이 국립 '외국어대학교'이다.

그런데 사마르칸드를 방문하는 한국의 대학과 기관이 이곳 지명을 잘못 사용하는 경우가 있다. 이에 따라 한국어학과에서 유일한 한국인 학자와 교수로서 바른 지명을 안내하여 앞으로는 오류를 방지해야 겠다는 생각이 들었다.

우즈베키스탄의 '사마르칸드(Samarkand)'는 발음 그대로 영어 받침 종성(終聲) 자음 'd'로 읽고, 발음도 '드'로 해야 한다. 그런데 대부분의 사람들은 'd'를 '트'로 읽고 표기문자도 '트'로 쓴다. 이것은 틀린 발음 어법이다.

반면, 우즈베키스탄의 수도 타슈켄트(Tashkent)는 종성 받침 자음이 't'이므로 '트'로 발음해야 한다.

사마르칸드의 'd'와 't'는 종성발음의 평음과 격음이다. 그럼 '드'와 '트'는 어떤 발음학 역할과 관계가 있을까? 알아보자.

t와 d는 소리가 날 때 같은 위치에서 나게 된다. 일명 'stop sounds'라고 한다. 첫 단계에서 숨을 멈추게 되고, 두 번째로 숨을 내보내며 소리를 내게 되기 때문이다.

*t : (unvoiced sound)공기만 입 밖으로 나가면서 소리를 내게 된다.

*d : (voiced sound)성대를 이용해 소리를 내게 된다.

't'를 발음을 할 때는 공기가 바깥으로 나가는 것을 느낄 수 있다. 그러나 'd'를 발음 할 때는 공기가 바깥으로 나가지 않는다.

예를 들어 'I bet you did' 여기서 be를 발음할 때 't' 발음의 두 번째 단계를 거치지 않고 다음 발음으로 넘어간다. 이 발음은 '아이 베 유 딛'으로 들리기도 한다. 그러나 실제 발음할 때 '베

(be)'가 아닌 '벳(bet)' 으로 해야 한다.

*(d)의 발음법

접촉 위치는 치경음(윗잇몸)으로서 성대울림은 유성음은 발음원리 파열음이다. 한국어 'ㄷ' 발음할 때보다 조금 더 안쪽 잇몸을 지긋이 누르고 있다가 목을 울리면서 터트리듯 발음이다.

*(t)의 발음법

접촉 위치는 치경음(윗잇몸)으로서 성대울림은 무성음, 발음원리는 파열음이다. 한국어 'ㅌ'를 발음할 때보다 조금 더 안쪽 잇몸을 지긋이 누르고 있다가 터트리듯 발음한다.

한국어 'ㅌ'과 영어 't' 발음을 비교해보면, 한국어 ㅌ은 혀끝이 윗치아와 잇몸의 경계부분을 막았다가 터트려서 소리가 조금 더 가벼웁다.

반면 영어 't' 는 혀 끝이 아닌 혀의 앞쪽 1/4 부분 즈음, 즉 혓날 부분이 조금 더 안쪽 윗잇몸에 닿았다가 터트려서 우리말 ㅌ

보다 높고 센 느낌을 준다.

예외의 사례로서 라틴어의 맨 뒤에 오는 'd'를 '트' 발음하는 나라가 있다. 독일이다. 종성발음에서 'd'를 '트'로 읽는다. 예를 들면 wind를 읽을 때 '빈트'로 발음 한다.

그러나 영어의 wind와 쓰임과 뜻이 같은데 읽는 것은 다르다. 일종의 그 나라에 사투리로 보이지만 오랜 세월 그렇게 발음하여 굳어진 것이다.

우즈베키스탄의 '사마르칸드(Samarkand)' 종성발음은 원어를 준용하여 '드'로 발음해야 맞다. 다만, 경음화현상에 따라 굳은 말 '트'로 읽을 수 는 있어도 표기 사용범례는 '드'로 표기해야 한다.

그런데 대부분의 사람들은 d를 '트'로 읽고, 표기문자도 '트'로 쓴다. 이것은 틀린 어법이다. 우즈베키스탄의 수도 타슈켄트(Tashkent)의 종성 받침 자음 't'와는 받침이 다르다.

"아, 내 사랑. 중앙아시아 우즈베키스탄 사마르칸드여! 조르(Zoʻr)!"

불바르 가림 한국어교실/ 故 구조버에 대표, 가림 한국문화해외교류협회 사마르칸드 지부장과 함께

아, 이를 어쩌란 말인가?


찬바람 불고 비 내리는 초겨울 저녁나절
어둠이 사부작 사부작 시나브로 사위를 감싼다


사마르칸드 불바르(Boulevard. 가로수 넓은 길)
한국 청주에서 4년 살다 왔다는
'가림' 아우가 "타국에서 얼마나 고생 많냐?"며
만두를 먹자며? 오후에 대학에 찾아 왔다


대학 부근 허름한 식당에 앉아
한국의 갈비탕 같은 '토이카보'와 '만두'
우즈벡 보드카를 몇 잔 기울였다

몇 잔 보드카
고단한 하루 녹녹함이
밤하늘 따라 실실히 풀어진다


"잘 가라!"
"고맙다!"
인사 나누고
홀로 기숙사 들어와
픽- 쓰러져 잠 들었다


그렇게 얼마나 잠 들었을까……?
기숙사 복도 재잘 거리는 여학생들 수다 소리


시간을 보니 늦은 밤 11시
스르르 깨어 학교 대학 교문 밖에 나가 보았다


초겨울 추위 찬 밤바람
교문 밖 늙은 고양이
잘 견디는지 궁금하다


아니나 다를까?
낮에 있던 그 자리 그대로 앉아

지구촌 나그네의 쏘세지를 기다리고 있었다

주머니에 가져 간 쏘세지를
가위로 작게 잘라 주었더니
얼마나 배가 고팠던지 금새 먹어 치운다

이 추운 중앙아시아 우즈벡 대륙
겨울 추위를 어찌 보내랴?

한국 같으면 작은 고양이집 마련하건만……

아! 이쁘고 아까운 고귀한 생명이여
이를 어쩌란 말인가……?

이를 아는지 모르는지
철 없는 초겨을 나무잎새가
바람따라 기숙사 저편 골목으로 뉘인다

2023.12.1.

강아지 고양이 먹이
llen itva
mashuklami
boomrgchi
man litimos
menga chesirma
bering
Dr. Kim

김한글 교수는 매일 아침 대학 주변 길고양이와 길강아지들에게 먹이를 주고 있다

# 겨울비

방학으로 인하여
가가린 대학 기숙사에서
불바르 인야즈 기숙사로
임시 거처를 옮겼다

그렇치 않아도 서러운 외국생활
솥단지와 숟가락, 밥그릇, 쌀, 젓갈, 반찬
배낭과 가방아 가득 담아 발길 돌리는
나그네 길 서럽다 서러워

불바르 인야즈 기숙사 도착하니
겨울비가 주룩주룩 나그네를 반긴다
나중에는 눈까지 섞여 내린다

겨울비 처량하던 이내 맘
뽀오얀 흰눈에 조금 위안이 된다

낯선 인야즈 기숙사
보름 정도 겨울방학 끝나면
다시 대학에 돌아가야지

아암 그리하여
대한민국 聖君 세종대왕님 만든
한글, 한국어를 가르쳐야지

아암 그렇구 말고

너른 중앙아시아 대륙에
한글꽃 피워야지
한글 향기 물씬 풍겨나도록
널리 널리 알려야지

# 2024년 제1회 한국어 말하기 발표대회 성료

지난 3월 6일(수) 오후 3시. 우즈베키스탄 사마르칸드 국립 외국어대학 4층 대당에서 2024년 제1회 한국어 말하기 발표대회가 대학 교수진과 학생이 참여한 가운데 성황리에 마쳤다.

국립 외국어대학 한국어학과가 주관하고 비영리 문화나눔 한국문화해외교류협회가 후원하였으며, ㈜산케이 한소금 그룹이 협찬한 한국어 말하기 발표대회에는 그간 예비연습을 통과한 학생들이 본선 대회에 출전 기량을 자랑했다. 본선 대회 심사는 허우직 심사위원장과 나자로바 사흘로 한국어학과장이 공동으로 위원장을 맡고, 심사위원에는 한국어학과 샤로팟 · 샤흘로 · 딜노라 교수진과 민간인 리마 딜쇼드가 참여를 했다.

한국인 문학박사 김우영 교수와 2학년 재학중인 마디나 학생의 사회로 진행된 발표대회는 1시간 정도 소요되어 심사 결과가 나왔다.

　1등 세종대왕상에는 외국어대학교 한국어학과 2학년 2201반에 재학중인 마디나 학생이 영예의 수상으로 상금 300만 숨과 부상으로 한국에서 보내온 신간도서를 상품으로 받았다. 이외에도 여러 학생들이 그간 노력한 만큼 좋은 성적을 올려 상금과 상품과 한국어 신간도서를 각각 부상으로 받았다.

　이날 대회에는 현수막과 배너, 앰프는 비영리 문화나눔 한국문화해외교류협회가 후원하고, 상금 700만 숨(580USD)은 ㈜산케이한소금 그룹이 협찬했다.

　2024년 제1회 한국어 말하기 발표대회를 기획하고 운영한 문학박사 김우영 교수는 대회를 마치며 이렇게 말했다.

　"지난해 5학기 3학년 22개 반과 2024년 4학기 2학년 7개 반에 대하여 그간 과제를 제시하고 주제를 선정하고 한국어의 쓰기 학습을 통한 한국어맞춤법 학습을 한 바 있습니다. 한국어 말하기

2024년 제1회 한국어 말하기 발표대회 진행하는 김한글 교수
통역 마디나 학생, 한국어학과 자문위원장 허우직 회장

발표대회는 한국을 중심으로 전 세계적으로 운영하는 중요한 한
국어 커리큘럼(Curriculum) 실전 학습입니다. 그간 아프리카, 중
국, 베트남, 말레이시아, 미국 등을 다니며 한국어 말하기 발표대
회를 성공적으로 운영하여 한국어 학습 향상에 이바지 한 바 있습
니다. 한국어의 과제 제시와 주제에 따라 쓰기 학습, 발표를 통한
말하기 능력배양, 듣기연습을 통한 대화소통의 확장, 읽기를 통한
정확한 발음의 정착 등 입니다. 즉, 한국어의 기본과목 4가지 쓰
기, 말하기, 듣기, 읽기를 충족하는 중요한 학습과정입니다. 특히,
나중에 한국대학에 진출 한국어 석사과정과 박사과정 학위기 취
득을 위한 학위논문 작성에 중요한 포인트 '한국어맞춤법'을 한
국어 말하기 발표대회를 통한 한국어의 기본과목 4가지 쓰기, 말
하기, 듣기, 읽기 학습을 하게 되는 것입니다. 따라서 나머지 1학
년 학생과 4학년 학생은 이어질 제2, 3, 4회 대회에서 기량을 뽐
내시기 바랍니다."

한편, 우즈베키스탄이 낳은 유명한 '알리세이 나보이' 시인은
말하기에 대하여 이렇게 말했다.

Ko'ngil xazinasining qulfi — til;
u xazinaning kaliti — so'z bil.
Alisher Navoiy

"마음의 보물은 좋은 말하기이다!"

우즈베키스탄 사람들의 이름은 할아버지, 아버지 이름순으로
이름을 짓기 때문에 이름이 길다. 이름을 불러 주는 것은 상대를
알아주는 것으로 인간관계에서 아주 중요하고 또 이곳에서는 이
름을 부르는 것이 일반적인 호칭법이기 때문에 이름을 외우려고
노력했다.

고려인은 김 세르게이, 신 타냐 등처럼 성을 앞에 붙인다. 그런
데 우즈베크 학생들의 이름도 여성, 남성의 이름이 확연한 경우가
많다.

한 송이 꽃의 굴도나, 꽃의 수줍음인 굴하요, 수선화인 나르기
자, 연꽃인 닐리푸르, 튤립인 로라, 율두스는 별이고, 말리카는 공
주, 봄에 태어났다는 바호라, 달의 마음인 모히딜, 마음에 기쁨을
준다는 의미의 딜라프르즈 등 이름이 서정적이고 자연적이다.

남자들의 이름은 성인들이나 왕의 이름을 그대로 쓰기도 한다. 압 둘라, 울루그벡, 테무르 등이 옛 왕들의 이름이다. 힘이 세다는 자수르, 빛을 뿜는다는 안바르, 후르싯 등이 전형적인 남자 이름이다.

또 남자들 이름으로 우룩은 낫, 볼따는 도끼, 클리치는 전쟁 때 쓰던 큰 칼이란다.

아기를 길에서 낳으면 '길'이란 뜻의 '욜치', 가까운 사람의 결혼식 날 태어났으면 '결혼'이란 뜻의 '토이치', 무슬림의 설날인 '나부르즈 날'에 태어난 남자는 '나부 르즈', 여자는 '나부르자'라고 이름을 짓는다.

손가락이 여섯 개로 태어난 사람은 6이란 뜻이 들어 있는 '오르룩', 또는 '오틀'이라 이름을 짓고 붉은 점이 있는 사람은 '노르굴'이나, '노르', 또는 '아노라'라고 '붉은 점'이라는

'파르다'는 '커튼'이고, '굴'은 '꽃'이라는 뜻이므로 '커튼꽃'이 된다.

2024년 4학기 초순에 2학년 7개 반을 맡아 1개 반에 '국제문화교류'라는 주제로 남 녀 두 명씩 반장을 뽑고 위촉장을 칼라로 출력하여 예쁘게 만들어 전달하였다. 또한 우즈벡 학생들의 이름

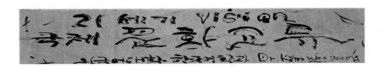

이 너무 길어 외우기 힘들었다. 또한 학생들이 거의 한국대학에 석사와 박사과정 유학을 희망했다. 그러면 한국 이름 하나 정도는 필요했다. 또는 토픽을 보유한 학생들 일부는 이미 한국 이름 하나씩은 가지고 있었다.

2학년 7개반 140명의 학생들 이름은 다음과 같다. 이름짓는 기준은 가급적이면 원래 이름에 한국식 이름을 짧게 외우기 쉽게 정하였다.

**2학년 4학기 2201반**

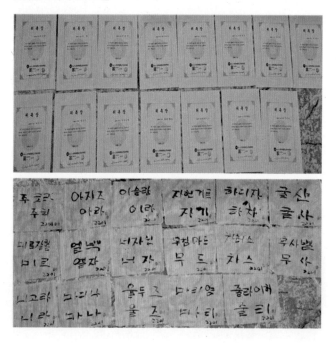

주흐라-주희, 아지즈-아라, 이슬람-이라, 자헌기르-자기, 하디자-하
차, 굴샨- 굴사, 미르잘림- 미르, 엘벡- 엘자, 너자닌-너자, 무함마드-
무드, 처터스-차스, 무사벨-무사, 니고라- 니라, 마디나-마나, 율두즈-
울즈, 마리얌- 마리, 줄라이허- 줄리.

## 2학년 4학기 2202반

세빈치-세화, 자이누라-자누, 무흐리사-무사, 머히나-무나, 무니사-문
나, 세흐자허스- 세자, 아살- 아사, 니루바르-나바, 바흐디룰-바흐, 라
이허나- 라이, 마디나-만아, 라지자-라나, 아브러르- 아르, 마흐리어-
마하, 아부드라짓-아라, 마리얌- 마리, 자스미나-자나, 자러스-자스,
라이허나-라나.

### 2학년 4학기 2203반

버누-버나, 들셔다-들다, 들서자-들자, 아줌전-아자, 매흐리니서-마흐, 무함마드-무드, 사르비나-사나, 가멀아-가아, 사르브너지-사르, 세빈지-세화, 마리저나-마리, 무니사-무아, 애저자-애나, 자바리-자르, 아스르벡-아르, 샤히저다-샤르.

### 2학년 4학기 2204반

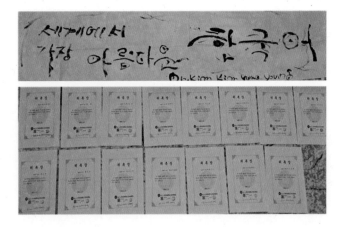

마티나-마나, 마르저나-마나, 세빈츠-세느, 디여라-디라, 하디자-하드, 마르기여나 마나, 아디바- 아바, 버기자-버즈, 라혀라-라라, 딜더라-딜라, 바허라-바라, 말리오-마오, 차리나 차나, 마르저나 마나, 에르가세요- 에오, 메호란기즈-메즈, 딜르더라 디라, 마르기요나-마르, 샤흐저나 샤나, 메르란기즈-메호, 자리나-자나, 피르다부시-피다, 야스날-야나, 퍼질-퍼즈.

## 2학년 4학기 2205반

너라구나너라, 이슬람-이라, 파울라원-파원, 디여르-디르, 루흐셔나
루나, 줄피노즈-줄노, 사녀바르사르, 라지자-라자, 무카다스-무스, 더
콜라너르 , 너일라너라, 나저카드-나드, 마디나-마나, 울두즈-울즈,..
에조자- 에자, 맬조드-에조, 너더라너라, 무카다스-무스.

### 2학년 4학기 2206반

딜더라-디라, 아사드백- 아드-, 굴기나 기나, 니기나-나나, 제비니스-
제비, 요즈-요나, 너지마-너나, 사르비노즈-사비, 루히쇼나-루나, 니
가나-나나, 맥리굴리-굴리, 후도이배리디-후이, 자스미나-자미, 질러
라-지라, 마르잘럴-미라, 딜더라-딜라, 샤흐녀자-샤흐, 나브르자-나
루, 구잘-구즈.

## 2학년 4학기 2219반

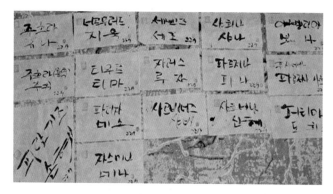

압두나비-예바, 주흐라-유나, 아미너브 너르무러드-지욱(반장), 아크
바-러바, 세빈즈-세즈, 아크라-머바, 샤히나-샤나, 가타올-리나, 아멜
리아-보나, 다브자-너바, 주흐라-주희(통역), 아흐러-러브, 티무르-티
마, 러지머바 자러스-루자, 무라트쿨러바 파르저나-파나, 후사녀바 파
르저나-사호, 라흐머너바 파란기즈-손혜(반장), 살리예바 파리자-미소,
투라쿨러바 사르비너즈-사비, 후르셰더바 자스미나-미나, 샤허벋디너
바 샤흐너나-신혜, 셔디예바 퍼티마-도희.

2024. 3월 외국어대학을 찾은 한국 영화배우 최일화 선생

# 신뢰와 약속?
# 그리고 따스한 고국 대한민국의 사랑


2023년 가을이 노랗게 서걱이는 가을날. 김한글 교수는 고국 대한민국을 뒤로 하고 이역만리 떨어진 머나먼 나라 중앙아시아 우즈베키스탄에 7시간의 비행 끝에 날아 왔다.

사마르칸드 외국어대학에 도착 적응하면서 한국어 학습 외에 한 일이 몇 가지가 있다.


첫 번째, '한국문화교실' 이라는 주제로 4층 대강당에서 K-pop 과 통기타 등을 활용하여 운영을 하였다.


본래 한국 외교통상부 국제협력단 코이카에서 한국어교원을 해외에 파견하면서 본 학습 외에 한국문화를 확산시키라고 권장한다. 그래서 코이카 출신으로서 김한글 교수는 이와 관련한 일들을 실천했다.

외국어대학 현관에서 詩想에 잠긴 시인 김한글 교수

두 번째 실천한 일은 '다문화학생 장학금' 지원이었다. 2024년 1월 공모한 결과 한 달도 못되어 국내와 해외에서 70명이 참여하여 400만 원이 모아졌다. 마침 그 무렵에 한국대학생봉사단이 외국어대학을 방문하여 한국과 우즈벡 첫날 만남의 날에 전달하기로 했다. 그런데 갑자기 문제가 발생했다.

당시 한국대학생봉사단이 방문하며 단장의 교회관련 대학 명함에서 오해가 발생했다. 한국에서 장학금과 후원물품을 지원하며 선교활동의 목적이 있다며 행사를 일시 중지시켰다.

외국어대학 김한글 교수의 '한국문화교실' 운영

한국어교실 도서실에 한국어 기증도서가 도착 기쁜 마음으로

따라서 장학금 지원도 취소했다. 그러나 장학생으로 선정된 학생들을 되돌려 보내는 거짓말하는 교수가 될 수 없었다. 그래서 대학과 관련없이 개인적인 후원으로 거짓말하지 않는 실천하는 한국인의 면모를 보였다. 며칠 후 이 일은 오해로 비롯되었다며 풀리었다.

세 번째 실천한 일은 '한국어 기증도서 후원'이었다. 외국어대학 3층 한국어학과 옆 한국어교실에 도서실이 있는데 책 오래되고 서재가 비어 있었다.

또한 대학 본관 양 옆에 있는 기숙사 두 곳에 도서실이 있는데 서재가 비어 있어 이곳에 한국어도서를 기증받아 채우면 좋을 것 같다는 순수한 생각에서 미리 한국어학과와 국제부, 총장까지 결재를 맡아 시행하였다.

따라서 한국에 있는 한국문화해외교류협회와 의논하여 공모하였다. 본 협회에서는 지난 2016년 5월 중국 칭다오에 한국어도서 3천 권을 기증하고 제1호 한국어도서관을 개관한바 있는 경험이 있었다.

그래서 외국어대학 한국어학과의 합의를 거쳐 총장님 결재 맡아 시행한 이 일은 잘되는 듯 하다가 일이 꼬이기 시작했다. 우즈벡 우편 택배 시스템에 문제가 있었다.

한국 우체국 국제우편 EMS로 발송한 한국어도서 택배는 책 10권 기준 5~10만 원 정도 비싼 발송비를 들여 인천공항을 출발한다. 1주일 정도이면 우주베키스탄 세관에 도착한다.

그런데 어떤 책은 사마르칸드 우체국 경유 외국어대학 3층 한국어학과에 정상적으로 도착한다. 반면 어떤 것은 현지 사마르칸드 우체국을 방문하여 수수료를 내고 찾아와야 했다. 또 어떤 것은 세관에서 현지 군인들이 압류하고 있는 한국어도서 택배 벌금을 내고 찾아와야 했다. 그리고 외국어대학 내부에서 일이 꼬이기 시작했다.

"종교 서적으로서 선교도서인지 꼼꼼히 살펴 봐라?"
"지난 1월 한국대학생봉사단장의 종교계열 대학 교수로서 선교의 문제가 있었지 않았느냐?"

한국어교실 도서실에 책이 오래되었고 빈 서재가 있어 한국어도서로 채워주기 위하여 한국에서 비싼 발송료를 부담하면서 보낸 책 들이 종교 선교서적으로 둔갑하는 어처구니가 없는 일이 발생하였다. 그래서 한국에 있는 한국문화해외교류협회에 통보했다.

"우즈베키스탄국 어려움으로 한국어기증도서 발송 잠정 중단합니다."
"허허…… 좋은 일 하다가 어처구니가 없는 경우는 처음 보네요?"

또한 특이한 사항은 한국어학과 교수들 30여 명으로 부터 한국어 학습에 필요한 참고서적을 주문받아 김한글 교수 요청으로 42권을 후원하였다. 주문한 책은 한국문화해외교류협회 홍경석 홍보이사의 적극적인 협조로 구입되어 한국으로 부터 택배가 도착했다. 책 구입비 100만 원, 발송비 30만 원이 소요된 적잖은 한

외국어대학 한국어학과 교수 30여 명이 신청한 한국어 학습자료 도서 42권. 김한글 교수 요청 한국문화해외교류협회 구입비 100만 원, 발송비 30만 원 소요 후원.

국어도서 후원이었다.

그럼 한국에서 보내온 다른 책은 종교 선교 목적인지 책 전체를 살펴보면서? 한국어학과 교수들 30여 명이 신청한 42권은 그냥 받아 가는지? 이 책도 내용 중에 종교적인 문제가 있는지 한 장, 한 장 넘기며 살펴보고 받아야 하는 것 아닌가? 사익(私益)과 공익(公益)의 이중적인 잣대가 아닐 수 없다. 적어도 사마르칸드 최고의 상아탑이라는 '국립 외교대학교'의 지성(智性)이 과연 있는지 생각이 든다?

그리고 네 번째로 시행한 일이 2024년 제1회 한국어 말하기 발표대회였다. 김한글 교수는 한 달 여동안 준비하며 한국어 말하기 발표대회가 언제 개최되었는지 한국어학과 샤로팟 교수에게 물었다.

"글쎄요? 저 쪽에서 여기로 오기 전 불바르 인야즈 있을 때 일이니까? 아마도 십 수 년 전 기억이 희미할 정도예요?"

"네, 그러니까 가가린 외교대학에서는 처음이군요."

"네, 김 교수님이 처음하는 거예요."

"네, 잘해야 성공해야 겠군요.

한 달 전 부터 준비한 행사는 국립 외국어대학 한국어학과가 주관하고 비영리 문화나눔 한국문화해외교류협회가 후원하였으며, ㈜산케이 한소금 그룹이 협찬한 한국어 말하기 발표대회였다. 이 행사를 위해서 4층 400석 규모의 대강당 사용이 중요했다. 따라서 행사 2주 전부터 한국 담당교수한테 4층 대강당 사용예약을 부탁했다.

사용을 위하여는 2층 사무실에 가서 대화해야 하는데 우즈벡어가 안되는 외국인은 불가능했기 때문이었다. 한국 담당교수는 평소에도 어떤 약속을 하면 잘 안지키는 것을 알기 때문에 몇 번 중간 중간에 확인을 했다.

"교수님 3월 6일 오후 3시. 4층 강당 사용 잘 예약이 되었지요?"

"네, 그럼요. 염려마세요."

그런데 3월 6일 한국어 말하기 발표대회 날 문제가 생겼다. 당초 첨석을 안할줄 알았던 외국어대학 총장이 한국어학과 허우직 자문위원장 초대로 참석하였다. 그런데 그 시간 4층 대강에는 다른 행사가 진행되고 있었다. 결국 한국 담당교수가 예약을 안했던 것이다. 김한글 교수는 안색이 하얗게 변했다.

"어? 외국어대학에서 처음 열리는 2024년 제1회 한국어 말하기 발표대회를 보기 위하여 여러 학생들이 몰려오고 있는데……?"

허우직 자문위원장이 큰소리로 화를 내었다.

"무슨 한국 담당 교수가 이렇게 하면 어떻게 해요? 교육공무원이 일찍 퇴근하고……! 총장님한테 물어봐야 겠어요?"

4층 대강당 예약 결렬로 힘들게 마친 2024년 제1회 한국어 말하기 발표 대회

그러자, 총장이 대안을 내렸다.

"한국어 말하기 발표대회는 외부에서 손님이 오고 대외적인 국제행사이기 때문에 현재 행사를 중지하고 한국어 말하기 발표대회를 하세요."

"네, 총장님 고맙습니다."

우여곡절 끝에 행사는 잘 마쳤다. 한국 담당교수의 실수로 우즈벡 사람들 의 신의와 약속에 대하여 생각에 의문이 들었다.

김한글 교수는 깊은 시름에 잠겼다.

"'한국문화교실' 운영, '다문화학생 장학금' 지원, '한국어 기증도서 후원', '2024년 제1회 한국어 말하기 발표대회' 등 우즈베키스탄과 외국어대학 발전을 위한 일들이 결국 허망한 실망감으로 가득하구나! 처음하는 일, 처음보는 일을 보고 개선과 배움을 통하여 바꾸어가는 것이 진일보하는 것인데 경외시하고 배타적이라니. 아……? 길을 바꾸어야 할 때가 온 것 같구나!"

김한글 교수는 망연자실하며 흐린 하늘을 올려다 보았다. 그래서 외롭고 힘들 때 마다 대학에서 20분 거리에 있는 사마르칸드

우즈베키스탄 사마르칸드 기차역

기차역에 갔다. 처벅 처벅 내처 걷는 길이 힘겨운 지구촌 나그네 발걸음이었다. 김 교수는 가는 길에 우즈벡아리랑을 불렀다. 눈물이 주르륵 볼을 타고 흐른다.

아리랑~~~ 아리랑~~~/ 아라리요~~~
우즈벡 아리랑 아라리요~~~
잘 넘어가네~~

"언제인가는 이곳을 통하여 타슈켄트 공항을 경유 한국에 가겠지!"

2024년 1월 방문한 한국대학생봉사단 미대생 벽화

또는 힘들 때 가끔 가는 대학 뒤편 셔타 타웰리에 있는 고려인 마을에 찾았다. 거기에는 한민족 후손들이 사는 정감있는 동질성에 있어 가곤 하는 외딴 골목이다. 가다보면 우즈베키스탄 특유의 하수구가 나오고, 길가 가로수가 보이며 집들이 듬성듬성 줄지어 있다.

이러한 어려움이 있는 반면, 김한글 교수한테 고국 대한민국의 큰 사랑을 많이 받는 것으로 위안이 되었다. 한국에서 한국어도서를 보내며 택배 속에 어떤 분은 상비약과 책 갈피에 현금을 동봉하였다.

"타국에서 맛있는 음식 사 먹고 건강하게 지내다 오세요."

어떤 분은 떡국과 김을 보내고, 또는 미역과 쭈꾸미와 쥐포 말린 것, 커피 쵸코파이, 잠바, 운동화 등을 보내왔다. 또한 서울의 종친은 삼양라면 2상자, 신라면 2상자, 짜파케티 1상자를 보내와서 한동안 한국 라면을 실컷 먹었다.

"종친 교수님한테 라면 5상자, 15만 원 들어갔는데 부치는 발송비가 37만 원 들었어요. 배 보다 배꼽이 더 컸어요. 허허허……"

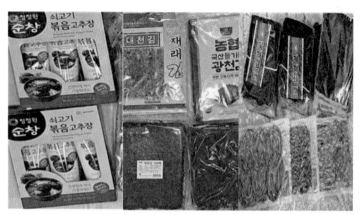

고국에서 보내온 따스한 대한민국 사랑/ 은혜는 가슴에 새기고……

김한글 교수는 생각했다.


'참으로 고마운 분들 입니다. 부족한 사람이 국위선양한다며 먼 나라에서' 고생한다고……두루두루 가슴 따스한 고국 대한민국 사랑받고 있네요. 앞으로 더 열심히 잘 살아 그 은혜에 보답하겠 습니다. 감사합니다. 고맙습니다!'

# 한국어교실 도서관에 책을 기증한 이유

지난해 늦가을 단풍이 서걱이며 계절을 보내고 있을 즈음. 김한글 교수는 사마르칸드 국립대학의 홀로인 한국 남자 교수를 만나 차를 마셨다.

"교수님 타국에서 홀로 지내기 외롭지 않으세요? 이곳 현지인 여성과 결혼하세요. 예쁘잖아요?"

"예쁜 것은 맞는데? 몇 분 여성과 진지하게 데이트하며 대화를 나누었는데 머릿속에 이상(理想)이 없어요. 그래서 책을 보라고 권했어요."
"그랬더니 책을 보던가요?"
"웬걸요? 입고, 먹고, 화장하는데만 정신이 팔려 있어요?"
"허허허……그래요?"

그 후 김한글 교수는 뜻한바 있어 외국어대학 한국어학과 강의 중에 학생들 대상으로 독서량을 알아보았다.

"여러분 중에 한 달에 한 권 이상 책을 읽은 사람 손들어 봐요?"

"……?"

우려했던 것처럼 한 30여 명 중에 1~2명만이 손을 들었다. 그러면서 학생들은 이구동성으로 말했다.

"교수님 책을 읽고 싶어도 학교 도서실에 책이 없어요?"

"도서실에 한국어책이 있어도 오래되었고 새 책이 없어요?"

"그래요. 새 책 부분은 한국어학과와 의논해 볼게요. 여러분 책은 꼭 읽어야 해요. 우즈벡 민족 시인으로 중앙아시아의 대표적 문인 '알리세르 나보이'가 있잖아요? 또한 중세의 페르시아 신비주의 시인 '누르 앗딘 압드 알 라흐만 자미'가 있고, 중세의 페르시아 시인, 눈이 먼 궁정시인, 페르시아 문학 사상 최초의 위대한 시인, 페르시아 시의 아버지, 인도의 설화 〈칼릴라와 딤나〉를 지은 '아부 루다키' 시인이 있잖아요."

"……?"

"어디 이 뿐인가요? 70년 러시아의 지배를 받으며 러시아 문학과 사상을 공부했을 터 인데요? 러시아의 위대한 문학사상은 한국과 미국 등 유럽에 많이 알려졌지요. 대표적인 문인이 푸시킨·고골·도스토옙스키·톨스토이·체호프 등 이지요. 푸시킨 시인은 운문 형식의 산문 소설 〈예브게니 오네긴〉의 여주인공 타티야나는 명작이지요. 또한 톨스토이의 장편소설 〈안나 카레니나〉의 안나 카레니나 등이 유명하지요. 고골, 투르게네프, 도스토옙스키, 톨스토이, 체호프와 같은 19세기의 위대한 러시아 문학의 거장들은 그 당시 서구에 비해 크게 뒤떨어진 러시아 사회를 개선하고, 인간과 인권을 중시하는 휴머니즘과 이에 토대가 되는 인문정신 및 사회사상의 탐구 등에 있어서 커다란 역할을 했어요. 그래서 현재 러시아는 세계 미국과 맞서고 있는 강국입니다."

"……?"

"책을 읽지 않는 민족과 국가는 가난하고 미래가 없어요? 여러분 책과 친해지세요. 무슨 종류이든 손과 책상에서 책이 떠나지

마세요!"

대한민국 외교통상부 국제협력단 코이카에서 한국어교원을 개
발도상국에 파견하며 본연이 한국어 학습 외에 한국문화 확산과
아울러 의식계몽을 하여 지구촌 80억 인류가 평화와 윤택한 생활
하는데 기여하라고 권장한다.

따라서 김한글 교수는 2024년 1월 31일 외국어대학교 한국어
학과와 의논하여 신간 한국어도서와 문학도서를 한국으로부터 기
증받자고 하며 동의를 얻고 국제부 거쳐 외국어대학 총장 결재를
받아 2월 1일부터 한국으로부터 기증을 받기 시작하였다.

그런데 한국에서 책이 오기 시작하면서 3월 초순부터 어려움이
생겼다.

우선 한국에서 오는 한국어도서 배송 시스템이다. 이중에 몇 건
은 정상적으로 외국어대학에
배송되지만 일부는 공항 세관
에 압류당하며 벌금을 내고
찾아오는가 하면, 현지 우체
국을 방문 수수료를 내고 찾
아왔다.

급기야는 외국어대학 내부
에서 종교선교를 위한 포교행
위가 아니냐며 한국에서 무료

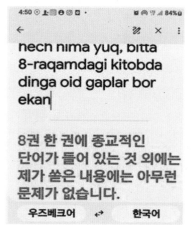

Duplicate US

1. 유턴 Spain U-turn 한진호 소설가의 두 번째 장편소설
2. 유턴 U-turn 역작 장편소설 한진호 (1. Ocean Bay 100)
3. 바이디아 김영 시집 Kim Young Poetry —
4. 청계호 여리광 김영산운집 —
5. 명수가 앓은 시간 백성일 시집 —
6. (가)의 끈을 풀다 4 지성의 샘 —
7. 옥문 363호 갑진년 정월 —
8. 문학바탕 2024.1 No.234 (51.6, 53.6, 55.6.) ✓
9. 다시, 몽돌의 노래 한진호 제2시집 —
10. 포에티즌 The Poetizen 2023 제5호 —
11. 글씨도 사람도 달라 보이는 바른 글씨 비법 노트 —
12. 우리들의 행복한 시간 —
13. 내 심장을 쏴라 정유정 —
14. 언어로 세운 집 이어령 —
15. 현대 준 이우일의 도쿄 여행기 —
16. 애들아, 말 해봐 —
17. 블록체인 혁명 가상 화폐 진실 김대중 —
18. 푸른색 누비처네 박정분 에세이 —
19. 꿈의 투록 김병아 소설집 —
20. 조선 변호사 왕실소송사건 정명섭 장편소설 —
21. 공부, 피할 수 없으면 즐겨라! 글 김태환 —
22. 이런 뜻이기 이런 말에 박순열 지음 —

로 보내온 책의 책장을 하나 하나 넘기며 조사하고 있었다. 한국
어학과 현지인 교수 조사결과 '문학바탕'이라는 책의 몇 줄 이 외
에는 아무런 문제가 없다고 결과 보고 하였다.

지난해 늦가을 사마르칸드 국립대학의 한국 남자교수를 통하여
책을 읽지않으므서 예지와 의식의 빈곤을 느꼈다.

외국어대학 한국어학과 학생들의 독서부족이 현실적으로 보였
다. 읽을 책이 부족함을 느끼고 한국어학과의 총장 결심을 맡아
시행한 한국어도서 후원이 종교 선교를 위한 포교활동으로 비쳐
졌다. 좋은 일 하면서 원하지 않은 오해가 있어 한국어기증도서
보내기운동을 계속 할 수 없었다.

그래서 한국에 있는 한국문화해외교류협회에 한국어도서보내
기 잠정 중지를 공지 했다. 김한글 교수는 생각을 했다.

'문화가 달라도 이렇게 다른가? 가치관이 달라도 이렇게 다른
가? 사람이 달라도 이렇게 다른가?……'

한국 사회에서 김한글 교수는 종교가 없기로 정평이 나 있다.
왜냐하면 아프리카, 미국, 중국 등을 다니며 많은 세상의 유형을
만났다. 어느 종파에 함몰되면 너른 우주의 세상을 보지 못하기
때문이다.

지구촌에는 얼마나 다양한 삶의 형태가 있는가? 이를 두루 살

펴보아야 더 훌륭한 한국어 교수, 작가가 되기 때문이다. 다만, 김 교수는 평소 어느 종교이든 배타적이거나 부정은 않한다. 종교마다 나름데로의 소중한 진리와 교리가 있기 때문에 많은 종교를 존중한다.

김한글 교수는 생각해 보았다. 책? 독서는 무엇인가? 우리 인류에게 어떤 영향을 미치는가? '꿈 꾸는 다락방'의 저자 이지성은 그의 저서에서 이렇게 말했다.

"책을 읽기를 배우지 않으면 밑에서 부려지는 일만 하게 된다."

세계적인 대부호이자 마이크로소프트 창업자인 미국 빌 게이츠(Willian H. Gates)는 시애틀 출신의 하버드대학 박사이자 마이크로소프트사 CEO로써 재산 46조원을 가진 세계적인 대갑부이다. 오늘날 빌 게이츠를 만든 것은 동네 작은 도서관이라고 한다. 빌 게이츠는 책 읽는 습관을 하버드대학 졸업장보다 더 중요하게 여겼다고 한다.

그리스의 철학자 아리스토텔레스는 '학문은 번영의 장식이며 가난의 도피이며 노년의 양식이다'라고 했다. 송나라 진종 황제는 '글을 읽어야 부귀와 영화를 누릴 수 있고, 좋은 논밭도, 좋은 집, 좋은 종도 다 글 가운데 있다'고 하였다. 책을 통해서만이 진솔한 삶을 깨우치고 인생의 지혜를 짜낼 수 있다는 옛 성인들의

꿈꾸는 문학소년시절 김한글 학생

말이다.

　충청도 고향에서 소년시절 중학교 2학년 때이다. 집과 학교의 8km 정도 거리였는데 매일 이 길을 오가며 통학길 손에서 책을 떼지 않고 '길거리 독서'를 할 때이다. 오죽해야 그 당시 별명이 '김한글은 책벌레'였다.

　본격적으로 책과 친해지기는 중학교 2학년 때이다. 그 당시 책을 가까이하게 된 동기를 어여쁜 선생님의 숙제 덕분이었다. 흰 블라우스에 쑥색 바지를 입으신 예쁜 국어 선생님이 숙제를 내었다. 시를 한 편씩 써 내라는 것이었다.

　거침없이 '길'이란 시를 써서 제출하였다. 왜냐하면 학교 다닐 때 집에서 학교까지는 4km거리였는데 매일 왕복 8km를 걸어

다녔다. 논둑길, 재너머, 숲길, 기찻길, 역전길 등을 거쳐가는 이 길을 다니며 늘 생각했던 글 이라서 '길' 이란 시가 쉽게 나왔다. 그 당시의 시의 내용은 이렇다.

"길 / 너는 어드메서 시작하여 / 어드메로 가는지 / 길 / 너의 존재는 무엇이며 / 너는 누구인가 / 걸어도 걸어도 끝이 없는 길 / 하늘 따라 열리고 / 하늘 따라 나서는 길/ 길 / 너의 시작은 어드메 이며 / 너의 끝은 어드멘지 말하여 다오 //"

숙제를 보신 선생님은 머리를 쓰다듬으시며 말씀 하셨다.
"으음 싹수가 보이는구나. 잘 노력하여 훌륭한 작가가 되거라!"

꿈꾸는 무명의 문학소년에게 힘을 실어주시던 쑥색 바지에 하

방황과 허무의 늪을 넘나들던 청바지 문학청년 김한글 교수

얀 치아와 보조개가 고왔던 여 선생님……지금은 어디쯤의 길을 따라 가시고 계실까. 아마 연세로 보아 살아계시다면 초로의 할머니가 되셨을 터 인데…….

　그 후 용기가 백 배 충전 책과 만나는 일은 계속되었다. 유명한 시인 작가들의 책을 보고나서 우쭐한 기분으로 시와 소설을 써 보았다. 스무 살이 되기까지 책과 만나며 삶에 대한 회의와 허무, 사

김한글 작가 젊은시절 집필장면

김한글 교수 저서 동시 출간기념 북 콘서트 2023. 9. 한국 대전

랑, 갈등, 희망이 반복되는 어설픈 나날을 보냈다.

　방황과 허무의 늪을 넘나들며 문학청년의 젊음을 고독하게 탐닉하고 있었다. 무명의 문학청년시절 데칸쑈(데카르트, 칸트, 소펜하우워) 이론에 빠져 암담했던 그 때 그 시절 자살의 위험 수위를 여러번 넘나들었다.

　앞길이 암담하고 희망이 보이지 않던 시절 나를 구해준 구원투수는 단연 책이었다. 그래서 나는 오늘도 책이란 숲에 쌓여 행복

한 독서로 살아가고 있다.

책은 절대적으로 팔 안 지척에 있어야 읽혀진다. 책은 손에 잡히거나 팔 안 지척에 있어야 책이다. 이 거리를 벗어나면 이것은 책이 아니고 진열품에 불과하다. 김 교수집은 온통 3천여 권의 책으로 둘러쌓여 있다. 침대 머리맡과 안방, 거실, 부엌, 화장실 등 책으로 도배하다시피 한다. 즉 집안 어디에서나 손만 뻗치면 책을 만날 수 있다는 얘기이다.

# 사람과 동물 관계

　김한글 교수는 매일 이른 아침 6시 30분이면 일어나 기숙사 주변을 1시간 정도 걷기를 한다. 거닐기보다 주변을 배회하는 강아지와 고양이 먹이를 주는데 노력을 기울이고 있다고 해야 맞다.

　대학 기숙사 정문 한쪽 처마 밑이 고양이 강아지 먹이를 주기 위하여 매일 만나는 장소이다. 비와 눈가림을 도와주는 돌출 부분에 고기를 삶아 잘게 잘라주거나 쏘세지를 주고 나면 금새 다가가 먹어 치운다. 어떤 때는 새들이 날아와 쪼아 물고 날아 간다.

   일종의 사람과 동물의 신뢰와 약속이다. 김 교수가 새벽에 대학 기숙자 정문 처마에 가면 이 친구들이 앉아 있다. 먹이를 가지고 다가서면 어슬렁 어슬렁 꼬리를 흔들며 다가온다.

   "야아옹······ 야아옹······"
   "크흐응······ 크흐응······"

   미물인 동물도 이렇게 약속을 잘 지키는데? 약속을 안지키는 만물의 영장이라는 인간을 보면서 귀감이 되고 숙연해진다.

   근래에는 대학 안 공사장 간이식당 근처를 맴돌던 큰 개가 강아지 네 마리를 낳았다. 작고 두리뭉실하여 참으로 예뻤다. 그런데 기숙사 경비원이 한 마리를 안고 데려가서 이제는 3마리 강아지가 대학본부 현관 아래 공간을 오가며 아장아장 걸어 다닌다. 요즘에는 이 강아지 먹이주기에 매일 아침 저녁으로 고기와 쏘세지

를 들고 다니기에 바쁘다.

한국이나 선진국은 반려견, 반려묘를 입양하여 보호하거나 길강아지, 길고양이를 보호하는 단체가 있어 이들이 생존하는데 도움이 된다. 그런데 걸거리 동물에 무관심한 이 나라에서 과연 잘 살아날 수 있을까? 걱정된다.

특히 지난 1주일 정도 사마르칸드 지방에 계속 눈이 내려 대지가 하얗게 덮혔었다. 하얀 눈 위를 고양이와 강아지들이 먹이를 새벽마다 울부짖으며 찾아 다녔다. 김 교수는 이른 새벽이면 먹이를 비닐에 담아 대학 기숙사 주변 길고양이, 길강아지를 먹이를 주러 다녔다.

한 번은 눈이 퀭한 눈으로 먹이 찾기에 여념이 없는 헬쑥한 고양이에게 다가가 먹이를 주었더니 물려고 으르렁거리는 비상한 눈빛을 보고 생각을 했다.

"크으응…… 크으응……"
'아, 고양이가 1주일 정도 먹

이 찾아 얼마나 헤메였으면 저리도 비상한 눈빛 공격성이 있었을까? 사람이 열흘 굶고 살인하지 않는 사람이 없다더니 맞는 말이다.'

고양이의 살인적인 눈빛을 보고 김 교수는 공감과 섬 ㅉ ㅣ ㅅ했다. 태초에 창조주가 인간을 만들고 동뭉과 조류, 식물, 자연환경을 조성하였다. 이 세상 모든 사물에는 생명이 있다. 생명은 소중하다. 특히 주변의 동물이 병들거나 다치면 사람이 보살펴주지 않으면 소중한 생명을 잃게 된다.

창조주는 인간과 동물, 식물, 자연환경을 만들고 서로 어울려 잘 살아가도록 했을 것이다. 주변에 있는 동물들은 순수하다. 사람들은 동물의 맑은 눈빛에, 그리고 자신을 믿고 따르는 모습에 감동과 위로를 받는다. 반려동물과 함께 즐거운 시간을 보내면, 치매를 앓던 노인의 인지능력이 향상되고 우울증에 시달리던 사람이 밝아지기도 한다고 한다고 한다.

사람과 동물의 교감은 '사랑 호르몬, 행복 호르몬'이라 불리는 옥시토신(Oxytocin)을 분비시킨다고 한다. 이런 모습에서 사람은 스스로 자만과 오만을 자제하는 거울이 되는 것이 바로 동물이다.

동물과 사람의 관계는 복잡하고 다면적이며, 동반자 관계를 가

져다 준다. 동물과 사람의 관계는 상호 이익이 된다. 동물은 사람의 관계는 역사와 문화에 깊이 뿌리내린 관계이며, 전 세계 많은 사람들에게 기쁨과 우정, 실질적인 혜택을 가져다준다.

동물은 역사적으로 다양한 문화권에서 중요한 역할을 해왔으며, 많은 사회에서 여전히 중요한 상징적 의미를 지니고 있다. 예를 들어, 고대 이집트에서는 고양이를 신성한 존재로 여겨 신으로 숭배하기도 했다.

사람과 동물의 신뢰와 약속을 지키는 그런 공생관계는 함께 평화롭고 행복하게 살아가라는 창조주의 뜻일게다. 아름다운 지구촌 세상은 인간만의 소유가 아니다. 사람과 동물, 식물, 자연환경이 조화롭게 어울려 평화롭고 행복한 지구촌 세상이 되기를 꿈꾼다.

지난 2019년~2020년 한국 외교통상부 국제협력단 코이카 파견 아프리카 탄자니아 외교대학 기숙사에

서 체류시 출·퇴근할 때 마다 바지 끝에 다가와부비고 애교를 다
정하게 떨던 고양이 '후추' 가 보고 싶다.

내일 새벽에도 사람과 신뢰 약속을 지키기 위하여 대학 기숙사
처마 밑에 오롯이 앉아 기다릴 친구들이 그립다.

# 나는 누구인가?
# 그리고 어디로 갈 것인가……?

 

지난 2023년 가을 머나먼 땅 중앙아시아 우즈베키스탄에 왔다. 한 해를 넘기면서 다시 고국으로 돌아간다.

나는 누구인가? 그리고 어디로 갈 것인가……? 이제 또 어디로 가야 한단 말인가?

한국에서 직장생활 30여 년 동안 평소 책과 글쓰기를 좋아하여 지난 1989년 32세에 한국문단에 작가로 등단하였으니 벌써 30년이 넘는다. 따라서 직장생활 중에는 주말이나 휴일에 주변 친구들처럼 한가하게 놀러다니는 대신 책을 보고 공부를 하였다.

주경야독(晝耕夜讀)으로 5개 대학과 대학원 공부하며 석사와 박사과정을 마치고 2019년 아프리카 탄자니아 다르에스살렘 외교대학 한국어학과에 한국어 자원봉사자로 진출하여 국위선양을 하고 2020년 귀국한 바 있다.

그 후 2022년 여름 중앙아시아 우즈베키스탄 안디잔시와 주립 대학에서 한국어 수요조사를 마쳤다. 그리고 2023년 가을 사마르칸드 국립 외국어대학 한국어학과에서 한국어와 한국문화, 국제 문화교류 강의를 마치고 2024년 봄 고국으로 귀국한다.

돌이켜보면, 나눔과 섬김의 정신 나의 삶, 나의 길은 지난 2005년 직장생활 할 때 부터 시작되었다. 주변 경로당 어르신들을 위하여 약간의 간식과 머리염색약을 들고 찾아가 머리염색을 해드리며 나눔과 섬김봉사를 하였다.

또한 어렵게 사는 이웃의 집을 찾아 낡은 담장의 페인트 색칠과 누렇게 변한 장판교체 등 사랑의 집짓기 자원봉사의 길은 지금껏 이어지고 있다.

평소 문예작가로서 지난 2003년 3월부터 시작된 비영리국가봉사문화나눔자립형민간단체 대전중구문인협회와 이와 함께 2007년부터 해외를 대상으로 시작한 한국문화해외교류협회를 통한 문화나눔교류 등이 자원봉사에 해당한다.

직장과 가정생활중에 자투리 바쁜 시간을 내어 지역사회와 국내, 해외로 안위를 내려놓으며 봉사의 머리띠를 두르고 국내와 해외에서 한국어 국위선양 자원봉사를 20여 년 실천하고 있다.

자원봉사(Volunteer Work)는 넓게는 지구촌 80억 인류공영을 위한 경제사회 발전지원과 지식공유, 지역사회변화, 새로운 도전, 국제우호협력으로 대한민국의 위상을 높이고 있다. 또한 사회와 이웃을 위해서 자신의 이해를 돌보지 않고 몸과 마음을 댓가없이 헌신하며 흘린 땀으로 '참 아름다운 세상, 살기좋은 사회'를 가꾸어 가는 것이다.

새벽녘 중앙아시아 우즈베키스탄 사마르칸드 국립 외국어대학 기숙사 난간에 기대어 앉았다. 도로변 불빛이 보이는 저편으로 어둠을 뚫고 뿌우연 하늘을 머리에 이고 게츠름하게 모습을 드러낸다. 심호흡을 하며 바라본다.

우즈벡 사마르칸드 국립 외국어대학에서 강의 중에 학생들과 김한글 교수의 통기타 반주와 사물놀이 장단에 맞추며 수시로 불렀던『우즈벡 아리랑(Uzbek Arirang)』이 귓가에 들리는 듯 하다.

어얼쑤 ~~~ 저얼쑤~~~
아리랑~~~ 아리랑~~~
아라리요~~~

우즈벡 아리랑 아라리요~~~

잘 넘어가네~~

—『우즈벡 아리랑(Uzbek Arirang)』 중에서


2024년 봄날에 사마르칸드에서

지구촌 나그네 나은 길벗

부록

# 한국 오고 싶은 우즈벡 현지인의 초롱한 눈망울 잊을 수 없어!

김한글 교수는 한국어 문학박사로서 한국어 국위선양을 위하여 지난 2019년부터 2020년까지 한국해외봉사단 코이카(KOICA)로 파견 아프리카 탄자니아 다르에스살렘 국립 외교대학 한국어학과에서 한국어를 지도하였다.

이어 2022년 6월부터 7월까지 중앙아시아 우즈베키스탄 안디잔 대학과 지역 학원가를 방문 한국어 강의에 따른 현지의 한국어 수요조사를 마쳤다.

이러는 과정에서 현지의 많은 사람들이 한국의 대학과 대학원에서 한국어를 배우고 싶어했다. 그리고 잘사는 윤택한 나라 한국에서 살고 싶어했다. 한편 한국어를 열심히 배워 한국기업 또는 현지 한국기업에 취업을 희망하는 간절한 눈동자를 보았다. 이들은 자나깨나 꿈(Dream)의 까레이스끼(Kareiski, 옛 소련 지역의 '고려인'을 가리키는 말. ⇒ 규범 표기 '카레이스키')를 꿈꾸고 있었다.

김 교수는 한국어를 배우고 싶어하는 외국인들에게 한국어를 가르치는 교수이다. 따라서 한국 방문을 열망하는 외국인들이 한국에 오는데 결정할 수도 없고 이 분야에 전문가도 아니다.

그러나 한국어를 배우고 싶어하는 외국인들에게 한국어를 가르치는 것도중요하지만 한국 방문을 희망하는 이들의 초롱한 눈망울 속에 담긴 열망과 꿈을 저버릴 수 가 없었다.

그래서 지난 2022년 7월 중앙아시아 우즈베키스탄에서 귀국 후 9월 까지 3개월 간 법무부 대전출입국외국인사무소와 고용노동부 대전고용노동청 외국인 인력팀과 한국산업인력공단 대전지역본부 등을 방문하였다.

또한 일선 지방자치단체에서 외국인 계절노동자 운영에 대한 실태를 알아보기 위하여 충청북도 옥천군농업기술센터와 충청남도 금산군청 농업정책실을 방문 상담을 하였다.

외국인 출입 관련 기관 단체를 방문한 결과 2022년 9월 현재

외국인이 한국에 취업으로 오는 길은 멀고도 힘든 과정이라는 것을 알았다.

따라서 우즈베키스탄에서 한국으로 오는 몇 가지의 과정에 대하여 현장을 방문하여 살펴 보았다. 위에서 언급했듯이 필자는 한국어를 가르치는 교수이지, 외국인 근로자를 데려오는 전문가가 아니다.

다만, 외국에서 한국어를 지도하며 만난 순수하고 때묻지 않은 외국인들이 한국에 오고 싶어하는 그 열망이 깊어 이들의 궁금증을 해소하는데 조금이라도 도움이 되었으면 하는 순수한 마음으로 안내를 하고 싶다.

### 가. 고용노동부 입국제도

1. 일반 외국인노동자 고용허가제(E–9, 비전문취업)

이 제도에 따르면 우즈베키스탄 근로자가 한국 특정기업을 선택하여 방문할 수 없다. 우즈베키스탄과 한국간에 쿼터제(Quota) 형태로 인력 수급과 고용 등에 대하여 인원을 제한하거나 할당 운영하고 있었다.

즉, 우즈베키스탄 수도 타슈켄트에 고용노동부 한국인력산업공단 외국인고용관리시스템 EPS(https://www.eps.go.kr/index.jsp)

외국인 고용 관리시스템

  사업주 외국인고용관리시스템 국내 기업의 고용을 위한 사업주
서비스입니다. 사업장 현황 조회, 민원신청 및 진행 조회, 알선현
황 조회 및 적격자 선정 등 서비스를 제공합니다. 자세히 보기 회
원서비스 출국예정자 목록조회 특례자구직조회 퇴직금차액 산정
지원 사업장현황 자주 쓰는 외국어 검색 새창 민원신청/안내 통
역서비스 신청 새창 민원신청현황 알선/적격자신청 사업주교육
관련제도 소개 고용허가제 소개 고용절차 안내 허용업종 소개 도
입쿼터 안내 점수제 배정계획 E-9 일반외국인 E-9 일반외국인
특례외국인 H-2 아이디 로그인 공동인증서. www.eps.go.kr
  지사에서 실시하는 한국어 능력시험과 기능시험 및 직무능력
평가시험에 합격해야 한다. 그러면 한국 고용노동부와 협의 한국
고용노동부에 인력을 송출 각 기업체에 인력을 배정한다.
  외국인 인력송출 도입국가는 16개 나라이다. 필리핀, 몽골, 스
리랑카, 베트남, 태국, 인도네시아, 우즈베키스탄, 파키스탄, 중
국, 방글라데시, 키르기스스탄, 네팔, 미얀마, 동티모르, 라오스이
다.
  외국인 근로자를 신청하는 한국의 대상기업은 중소 제조업(노동
자 300인 미만 혹은 자본금 80억 원 이하), 농 · 축산업, 어업(20톤 미만),
건설업, 서비스업(건설폐기물 처리업 등 5개 업종)이다.

## 1) 입국절차

외국인 고용 절차는 인력송출국 16개국 수도에 있는 한국인력
산업공단 외국인고용관리시스템 EPS지사에서 실시하는 한국어
시험을 치러야 한다. 그리고 구직자명부에 올려져 한국산업인력
공단에서 사업주 고용허가서 발급하고 고용노동부에서 근로계약
서를 작성 외국인 근로자가 사증을 발급받아 한국에 입국하게 된
다.

외국인 노동자는 업종 이동이 불가능하다. 사업장 이동은 법에
서 정한 사유에 한해서 가능하다. 또한 최초 3년간 3회, 재고용 1
년 10개월간 2회(단, 휴업 · 폐업 등 사업주 귀책사유는 횟수 불포함)를 포
함 4년 10개월이다.

## 2) 한국산업인력공단 고용허가제(EPS)

고용노동부 한국산업인력공단 고용허가제(EPS)는 외국인 근로
자 고용사업장 밀집지역 사업주에게 고용허가제 신청과 발급을
제공한다. 또한 고용허가제 관련 각종 행정신고 및 노무관리 안
내, 고용주 및 근로자 애로해소, 인권침해 및 성희롱 · 성폭력 예
방, 안전의식 함양 등의 역할을 한다. 고용노동부 한국산업인력공
단 고용허가제(EPS)지사는 외국인 인력송출 도입국가 16개 나라
수도에 각 각 설치되어 있다.

3) 외국인 근로자 채용절차

한국 기업 구인(고용센터 또는 워크넷 www.work.go.kr) 워크넷 - 구인/구직

## 가. 외국인 계절근로자 제도

한국의 농·어번기 일손 부족을 해결하기 위하여 외국인을 단기간동안 합법적으로 고용하는 프로그램으로서 2015년 10월부터 '외국인 계절근로자 제도'를 운영하고 있다. 전국 지자체가 외국인을 직접 초청하여 농어가에 배정하고 있다.

① 외국인 계절근로자가 허용되는 농·어업 분야 종사
② 농·어업 운영 고용주가 외국인 계절근로자 도입 희망
③ 지자체가 인력·제도 등 적정한 인프라를 갖추고 「외국인 계절근로자 수급 및 운영 방안」마련

1) 외국인 계절근로자 수급방법

한국 결혼이민자(E-8)는 외국인이 국내·외 4촌 이내 친척을 초청하는 제도이다. 국내 지자체가 정한 허용한 연령 30~55세까지 초청한다.

## 2) 계절근로 사증(VISA) 종류

C-4-1(단수)는 MOU 체결 외국 지자체로서 C-4-2(단수) 결혼이민자와 함께 90일~5개월까지 채류한다. 계절근로자 1인당 비자종류에 상관없이 연간 1회 발급 가능하다. 단, C-4 비자로 근무한 계절근로자가 지자체로부터 재추천 받은 경우 당해 연도에 C-4 비자 재신청 가능하며, 연간 최대 2회 입국 가능 하다.

### 나. 외국인 유학생 유학비자(D-2), 일반연수(D-4)

외국인 유학생이 한국에 입국할 때는 체류기간을 정한다. 유학(D-2)석사과정 5년 연장 가능하며, (D-2)박사과정은 7년 연장이 가능하다.

### 다. 단기방문비자 C-3

단기방문(C-3) 자격으로 입국하는 경우에는 1회에 90일까지 채

류할 수 있다. 방문자의 국내활동과 관계있는 단체나 지사 등 입국목적이 관광, 통과, 요양, 친지방문 등이다. 이 비자는 한국에서 취업을 비롯한 기타 영리활동, 학업 등이 불가능하다.

1) 사증발급 신청서 1부

2) 여권 원본

3) 여권 복사본 1부

4) 증명사진 1매(6개월 이내 촬영)

**라. 국제결혼(결혼이민 F-6)**

1) 배우자의 국가에서 혼인신고

2) 한국에서 혼인신고 준비

3) 배우자의 한국어 능력(필수)

4) 결혼이민 F-6 비자 신청

5) 입국과 외국인 등록

6) 영주권 F-5 혹은 한국 귀화

혼인신고부터 전체적인 국제결혼 절차에 대해서는 전문 법무사, 행정사와 상담 후 진행하는 것이 좋다.

김한글 교수는 2022년 7월부터 9월까지 무더운 여름날. 코로나에 마스크까지 착용하고 각급 외국인 관련 기관을 방문하려니 무척 힘들었다. 어떤 기관에서는 혹시 외국인을 소개하는 인력 브로커(Broker)가 아닌지? 이상한 눈빛으로 바라보고 있었다.

방문하는 기관마다 느끼는 공통점이 있었다. 외국에서 한국어를 지도하는 한국어 교수 신분증을 제시하고 방문한 민원인에게 물 한 모금 권하지 않았다. 여기에 더하여 고압적이고 불친절까지 하였다.

같은 한국인끼리로 이러할진데 한국어가 서툰 외국인 근로자들한테는 얼마나 갑질(?)을 하고 있을까 우려가 되었다. 한국이 좋

아서 방문한 외국인 근로자들이 동방예의지국 대한민국을 어떻게 생각하고 있을까……?

외국인 근로자들은 수도권 공단일대와 지방농공단지에서 한국인이 기피하는 3D업종에 종사하고 있다. 힘들고(Difficult), 더럽고 (Dirty), 위험한(Dangerous) 제조업 · 광업 · 건축업 등에서 만성적인 인력난을 해결해주고 있다. 어디 이 뿐인가? 농 · 어촌의 바쁜 일감을 해결해주는 고마운 효자손들이다.

"외국인 근로자들이 아니면 한국 사회의 기반산업이 안돌아간다?"

하고 뜻있는 분들은 말한다. 그리하여 이렇게 응원하고 싶다.

"꿈꾸는 자들이여, 진솔하게 원하면 그대로 얻으리라!"
김 교수는 속으로 되뇌였다.

'세계 10대 선진강국 대한민국으로 오는 길은 경로로 환하게 열려 있다. 각자 처한 입장에서 노력하여 '꿈(Dream)의 까레이스끼' 축복의 땅이 되기를 소망합니다!'

한국어 맞춤법(띄어 · 붙여쓰기)
총론

# 한국어 맞춤법(띄어·붙여쓰기) 총론

## 1. 조사

여기에서부터만이라도(O)' 커녕', '라고', '부터', '마는' 아침은 커녕 점심도 못 먹었다.(X) 아침은커녕 점심도 못 먹었다.(O), 아침커녕 점심도 못 먹었다.(O)

'-ㄴ커녕'을 하나의 조사로 취급하고 있기 때문에 '~은/는'과 '커녕'은 붙여 써야 한다.

'~은/는 물론' 등의 표현과 형태가 매우 비슷하여 많은 사람들이 띄어 써야 한다고 오해하기 쉽고, 이 때문에 각종 대중매체 및 신문 기사에서도 꽤 빈번하게 틀리는 표현이다.

'안', '못', '없다' 같은 부정어 앞에 오는 '밖에' '-ㄴ즉', '-인즉' 한 조사이지만 이 '즉' 부분을 띄우는 때가 있다. 조사의 '즉'의 어원이 '즉(卽)'이긴 하지만 품사가 다르다.

"그럼, 너의 말이 맞다마다."

"나야 물론 고맙고말고."

'-그래', '-그려' 의외로 많이 틀리는 띄어쓰기이다. 막상 붙여 쓰려니 한 단어가 너무 길어져 어색해 보여, 띄어 쓰게 되는 오류를 범하기 쉽다. '-그래'와 '-그려'가 종결 어미 뒤에 쓰일 때는 보조사로 규정되므로 앞말에 붙여 써야 한다.

~라면, ~이라면 : 서술격 조사인 '이다'의 활용형이므로 붙여 쓴다. ~건가요 : '-ㄴ가요'는 '이다'의 활용형인 '인가요'를 줄여쓴 것이며, '~건가요'는 '거' + '-ㄴ가요'의 형태이므로 붙여 써야 한다.


## 2. 접사


접사라는 한자어 자체에 接(붙일 접)이 있으므로 붙여 쓰기가 원칙이다. 접사를 띄어쓴다고 하는 건 '고혈압, 비공식, 실시간, 새까맣다'를 각각 '고 혈압, 비 공식, 실 시간, 새 까맣다'로 쓰는 것과 마찬가지이므로 주의해야 한다. 이러한 접사는 특히 아라비아 숫자와 함께 쓰일 때 혼선이 잦은 편이다.


## 3. 수사와 함께 표기되는 접두사


제-(第)
제 2회 (X)〔4〕, 제 2 회 (X) → 제2 회 (원칙), 제2회 (허용)〔5〕

한편 '제-(第)'를 장음처럼 길게 발음하는 것도 원칙 위배이다. 제(第)는 단음이므로 '제1차'를 /제:일차/가 아닌 /제일차/로 한 꺼번에 발음해야 한다. 심지어 아나운서들도 자주 틀린다. 까먹을 것 같다면 '세일 높다, 세계 제일'에서의 '제일'을 떠올려 보면 된다.

## 4. 수사와 함께 표기되는 접미사

-대(代)
제 20 대 대통령 (X), 제20 대 대통령 (X), 제 20대 대통령 (X)
→ 제20대 대통령 (O)

-차(次)
제 2 차 세계대전 (X), 제 2차 세계대전 (X), 제2 차 세계대전 (X) → 제2차 세계대전 (O)

-짜리, -어치
십 원 짜리 (X) → 십 원짜리 (O)
천 원 어치 (X) → 천 원어치 (O)

'-가량', '-쯤'
'정도'의 의미를 덧붙이는 말이다. 하지만 '정도'는 명사이기 때문에 띄어서 쓴다. 곧, '30분가량', '30분쯤', '30분 정도'와 같이 쓰는 것이 옳다.

## 5. 모두 띄우는 것들

'더' : 부사로서 띄어 쓴다. '모두'와 '다' : '모두 다'로 띄운다.
'수' : 가능, 방법 등을 뜻하는 의존 명사. 앞말과 띄운다.
그럴수 없지!(X) → 그럴 수 없지!(O)
'별수'는 합성어로 붙여 쓴다. 하지만 방법이라는 뜻이 아닌 '-
ㄹ수록'은 붙여 쓴다. 네가 말만 할 수록 더 피곤해져.(X) → 네가
말만 할수록 더 피곤해져.(O)

## 6. 관형사(형)

'-ㄹ 것', '-ㄴ 것', '-ㄹ 터'와 그 축약형[6]: 띄운다. 그리고
'것'과 '터'는 의존명사이다. '-ㄹ것', '-ㄴ것', '-ㄹ터'는 그른
표현이다. 단, '날것', '탈것', '갖은것', '어린것', '이를테면' 등
사전에 한 단어로 등재되어 있는 것들은 합성어로 붙여 쓴다.
혼자서도 잘할거야.(X) → 혼자서도 잘할 거야.(O)
지금 시작하는게 좋을텐데.(X) → 지금 시작하는 게 좋을 텐
데.(O) 어제 밥을 먹지 않았을것이다.(X) → 어제 밥을 먹지 않았
을 것이다.(O)
'-ㄹ 때', '-ㄴ' 때: 띄운다. '땐(때는)'도 마찬가지이다. 아플때
는 쉬는게 좋다.(X) → 아플 때는 쉬는 게 좋다.(O) 같은: 아래의
'같이' 때문에 이를 접미사로 오해하기도 하는 듯하다.

사과같은(X) → 사과 같은(O) '-고 있다' 와 '-고있다.' 를 같이 쓰지 않는다.

의자에 앉고있다.(X) → 의자에 앉고 있다.(O), 의자에 앉아있다.(O): 이때 '앉다' 는 '있다' 에 비해 의미를 전달하는 데에 중요한 의미를 갖기 때문에 있어서 본용언이고, '있는' 은 '앉아' 를 보조해 주는 보조용언(보조동사)이므로 붙여 쓰기 역시 허용한다.

보조용언은 띄어 쓰기를 원칙으로 하나 '-아 / -어' 로 연결되는 용언이거나 의존 명사에 '-하다' 나 '-싶다' 가 붙어서 된 보조용언에만 붙여 쓰는 것을 허용한다.

밥을 먹고있다.(X) → 밥을 먹고 있다.(O) '안' + ('되다' 를 제외한 다른) 용언. 안먹고 안마셨다.(X) → 안 먹고 안 마셨다.(O)

할 거야, 안할 거야?(X) → 할 거야, 안 할 거야?(O)

'안' 뒤에 '되다' 가 붙는 때는 '못' 과 '안' , '잘' 의 띄어쓰기 문서를 참고할 것.

'늦장부리다' (X), '늑장부리다' (X) → '늦장(을) 부리다' (O), '늑장(을) 부리다' (O)

'신경쓰다' (X) → '신경(을) 쓰다' (O) '(어떤 것/일)을 신경 쓰다' 처럼 쓰이기도 하지만 이는 목적어가 중복된 표현이므로 '(어떤 것/일)에 신경 쓰다' 로 정정해야 한다. '인상깊다' (X) → '인상(이) 깊다' (O)

## 7. 때에 따라 다른 것들

'간(間)' 사이, 관계: 앞말과 사이를 둔다. 가족 간, 국가 간, 이웃 간. 단, 합성어로 인정된 말은 붙여 쓴다. 부부간, 형제간
  기간: 붙인다. 사흘간의 전쟁, 지난 10여 년간 '같이'

부사: '과' / '와' 뒤에 띄어 쓴다. 둘 이상의 사람이나 사물이 함께함. 강아지와 같이 달린다. 어떤 상황이나 행동 따위와 같음.
  부사격 조사: 앞말에 붙여 쓴다. 모양이 서로 비슷하거나 같음
  조사 '처럼'으로 바꿀 수 있음. 사과같이 예쁘다. 그때를 강조.
  매일같이 지각한다.
  '걸'을 '것을'로 바꿀 수 있으면 띄어 적는다. 같은 원리로 '걸세'는 '것일세'로 바꿀 수 있으면 띄어 적는다. 아쉬움을 나타내더라도 종결형으로 쓰이지 않는 말도 마찬가지이다. '것'은 의존명사이다.
  먹던 걸 삼켰다. 이런 걸 알아낸다. 그냥 먹지 말 걸 그랬어.
  그냥 그런 걸세. 추측이나 아쉬움을 뜻하거나 해할 자리나 혼잣말에 쓰여, 현재의 사실이 이미 알고 있는 바나 기대와는 다른 것임을 나타내는 종결 어미 '걸'은 붙인다.
  그 사람은 아마 내일 집으로 갈걸. 그냥 먹지 말걸. 대단한걸.
  불타오르는걸. 나는 이미 고자가 된걸. 내겐 돈이 없는걸.
  '내(內)', '외(外)', '초(初)', '말(末)', '백(白)', '중(中)', '전(前,

죤)', '후(後)', '시(時)' 단어에 붙어서 한 단어를 만들 때: 앞말에 붙인다.

실내, 장내, 역내, 가내, 관내, 궁내, 당내, 사내, 산내, 기내, 선내, 차내, 국내, 도내, 시내, 군내, 구내, 동내, 천내, 지내, 학내, 교내, 체내, 분내, 연내, 월내, 이내, 최초, 태초, 고초, 창초, 시초, 당초, 애당초, 애초, 연초, 월초, 주초, 평상시, 비상시, 유사시, 상시, 수시, 정시, 불시, 일시, 한시, 잠시, 무의식중, 밤중, 부재중, 부지중, 상중, 야밤중, 오밤중, 옥중, 은연중, 한밤중(한 단어로 정착한 것들)

그러지 않을 때: 앞말과 독립된 하나의 의존명사 또는 관형사이므로 앞말과는 띄운다.

전상서(X) → 전 상서(O) '~의 앞'이라는 의미의 '전(前)'과 '웃어른께 글을 올리다'는 의미의 '상서(上書)' 두 단어다. 따라서 '임금님 전 상서', '부모님 전 상서'와 같이 띄어 써야 한다.

전세계(X) → 전 세계(O) 전국민(X) → 전 국민(O) ('전국'이라는 한 단어가 있지만 '월초'와 마찬가지로 띄어 씀.)

'모든', '전체'를 뜻하는 '전(全)'은 접두사가 아니라 관형사이다. 하지만 '전 세계'의 뜻이 '모든 세계'로 통용되지 않고 '한 세계의 모든 것'으로 통용되는 것을 고려하면 '전세계'를 '전국'과 '전체'처럼 별도의 단어로 인정하는 것이 나을 수도 있다.

'녘' 합성어일 때만 붙여 쓴다. 특히 '해질녘'은 쿵쿵따에서 한 방단어로 많이 쓰여서 한 단어로 알고 있는데, 어법에 바르게 쓰려면 모두 띄어야 한다.

예: 동틀 녘, 해 질 녘, 해 뜰 녘, '새벽녘', '저녁녘', '동녘', '서녘', '남녘', '북녘', '샐녘', '앞녘', '뒷녘', '윗녘', '아랫녘', '강녘', '개울녘', '저물녘', '어슬녘'은 합성명사이므로 붙여 쓴다.

'저녁'의 '녁'은 의존 명사가 아니므로 '저녁'은 그른 말이다. 반면 '저녁녘'은 '저녁' + 녘으로 분석되므로 옳은 표현이다.

'님'

사람 이름 뒤에 쓸 때: 띄어 쓴다. 그래서 어떤 사람의 닉네임이 '스'나 '하느'이고 이 뒤에 '님'을 쓴 것이면 '스 님', '하느 님'과 같이 '님' 앞을 띄어 쓴다. 홍길동 님, 김지현 님

사람이 아닌 일부 명사, 직위나 신분, 옛 성인이나 신격화된 인물 뒤에 쓸 때는 붙여 쓴다.

사장님/총장님, 달님/별님/토끼님/해님, 공자님/맹자님/부처님/예수님' 다음날'

형용사 '듯하다'의 준말: 이건 좀 클 듯(하다). 부사 '듯이'의 준말: 뛸 듯(이) 기쁘구나. 의존 명사 '듯': 잡힐 듯 말 듯 하다.

보조형용사 '듯': 하는 듯싶다


## 8. 명사형 '띄어쓰기', '붙여쓰기'의 오해

붙여 쓰는 '띄어쓰기'와 '붙여쓰기'는 '띄어쓰다'와 '붙여쓰

다' 의 명사형으로 오해하기 쉽다.

'만'

'동안' 의 뜻: '간만' 의 준말로서 앞말과 띄운다. '간(間)' 항목과 같이 보는 게 좋다.이게 얼마 만이니! 10일 만에 벌어진 일

'한정', '수준' 의 뜻: 앞말에 붙인다. 이 아이만은 안 돼요!(한정)형만 한 아우 없다.

체언(명사, 대명사, 수사) 뒤에 오면 부사격 조사로서 앞말에 붙인다. 하지만 그르다고 오해해(틀렸다고 오해하기 쉬운 한국어)과도 교정하는 사람도 있다.

그만큼 열심히 한 사람이 있을까? 숙제한 사람은 셋뿐이다.

일본어 뿐만 아니라(X), 일본어뿐만 아니라(O) 계획대로

사람이니만큼, 용언(동사, 형용사, '이다')의 어간/어미 뒤에 오면 부사성 의존명사로서 앞말과 띄운다.

피자 한 판을 혼자 다 먹을 만큼 배고팠니? 왼손은 거들 뿐

말하는 대로 (~~~) 사람인 만큼 '~인 만큼' 이 '~이니 만큼' 의 준말이라는 오해도 있다.

다만 '-ㄹ뿐더러' 는 언제나 붙여 쓴다. 그는 거짓말을 했을뿐더러 우리에게 피해를 주기까지 했다. '그런대로', '되는대로', '바른대로' 는 합성어로서 붙여 쓴다.

'바'

어미 '-ㄴ바' : 앞 절이 뒤 절의 원인/경황/배경 상황이 될 때 앞뒤 절을 잇는 종속적 연결 어미로, 붙여 쓴다.

도시전설이란 현대인의 마음속 공포가 이야기로 구체화된 것인 바 군중심리학의 연구 대상이 된다.

의존 명사 '바' : 앞말과 띄운다. 지금까지 설명한 바와 같이(앞서 말한 것) 어찌할 바를 모르겠다.(방도, 기회, 형편) 초회한정판을 안 살 바에야 애초에 아무것도 안 사겠다.(자기 주장 강조)

과거 시제 뒤에는 '-ㅆ는바' 와 '-ㄴ 바' 로 구별해서 쓸 수 있다.

'밖에'

'안에' 의 반대말(명사+조사). 지금 집 밖에 있어. 나머지를 일컫는 말(명사+조사) 그 밖에 무엇이 더 있다. 명사 '밖' + 조사 '에' 의 구성으로 생각해서 당연히 앞말과 띄어 쓰는 것으로 오해하기 쉽다. 실제로 과거에는 앞말과 띄어 쓰는 게 옳았지만 띄어쓰기 규정이 바뀌면서 그렇게 되었다고 한다. 곧, 아재들이 실수하기 쉬운 단어인 것이다. 그 때문인지 조선일보처럼 평소는 교정이 정확하게 이루어지는 주류 신문에서도 이걸 잘못 쓰는 일이 의외로 많다.

중국밖에 없다. (중국만 무엇의 대상임)할 수 밖에 없다.: 주의할 점은 '-ㄹ(을)밖에' 도 하나의 어미기 때문에 붙여 쓴다는 것이다. "선생님이 시키는 대로 할밖에 없다." 처럼 쓴다.

관형사 '할'과 의존명사 '수' 는 다른 단어이므로 띄어 쓰는 것이 옳다. 위와 비슷한 용례로 '할 수 없다' 가 있는데, '없다' 는 그 자체로 서술성을 가지는 별개의 단어이므로 띄어 쓴다.

반밖에 못 갔다. 여지없이. 한 단어이므로 붙여 쓴다. 하지만 이 앞에 '여지'를 수식하는 관형어가 올 경우 의존 명사 '여지'가 쓰인 것이므로 '여지 없이'로 띄어 써야 한다.

우리 편은 여지없이 지고 말았다.(이 경우 여지를 수식하는 관형어는 편이다.) 의심의 여지(가) 없다.(이 경우, 여지를 수직하는 관형어는 의심이다.)

'이', '그', '저'('요', '고', '조'), '아무', '별', '한', '제' 같은 관형사 + 의존명사는 아래 예외 밖에는 뒷말과 띄운다. 즉 아래의 단어들은 모두 붙여 쓴다. 한데 나무위키에서는 간혹 이것들을 띄어서 수정해놓는 경우가 굉장히 많다.


9. 예외 붙이기


이것, 저것, 그것, 아무것, 별것 (이거, 저거, 그거, 아무거, 별거) 예)
이 것은 수류탄이여! (X) / 이것은 수류탄이여! (O)

이곳, 저곳, 그곳

이쪽, 저쪽, 그쪽 (이편, 저편, 그편)

이분, 저분, 그분

이자, 저자, 그자

이놈, 저놈, 그놈

이년, 저년, 그년

이따위, 저따위, 그따위

이때, 그때, 한때, 제때 (제시간)

이번, 저번

이날, 그날, 제날 (제날짜)

이달, 그달

이해, 그해

이다음, 그다음

이사이, 그사이 (이새, 그새)

이참, 별일, 별짓, 별말, 별수, 그동안, 한동안, 그중, 제격, 제
값, 제구실, 제까짓(제깟), 제맛, 제멋, 제명, 제바닥

## 10. 의존명사

의존 명사 '지' : 어떤 일이 일어난 때로부터 지금 또는 언제까
지의 경과 시간을 나타내는 말로, 앞말과 띄운다. 그를 만난 지도
꽤 오래되었다. 경찰에 체포된 지 한 달 만에 풀려났다.

이하의 '지'는 모두 앞말에 붙여 쓰는 경우로, 시간의 경과를
나타내는 뜻이 있을 때만 띄어 쓴다고 생각하면 편하다.

어미 '-ㄴ지', '-는지', '-ㄹ지', '-을지' : 막연한 의문 또는 추
측을 나타내는 말로, 한 단어로써 앞말에 붙인다.

그 애가 누군 지(X)/누군지(O) 모르겠다. 그 애가 모르겠다.

아이들이 얼마나 떠드는 지(X)/떠드는지(O) 책을 읽을 수가 없
다. 어디로 갈 지(X)/갈지(O) 모른다.

내일은 얼마나 날씨가 좋을 지(X)/좋을지(O) 오늘 밤하늘에 별

이 유난히 빛난다.

어미 '-ㄹ(을)지라도', '-ㄹ(을)지언정', '-ㄹ(지)어라' : 한 단어
이므로, 앞말에 붙인다.

그것이 비록 꾸며낸 이야기일 지라도(X)/이야기일지라도(O) 아
이들에게 교훈이 될 것이다.

난 빌어먹을 지언정(X)/빌어먹을지언정(O) 도둑질은 하지 않겠
다.

'쓸 수 없다' '할 수 있다'에서도 앞말과 뒷말을 떼어 쓴다.


11. 날짜 표기


일반적인 날짜를 나타내는 때에는 '2017. 9. 21.'처럼 띄우고
맨 뒤에 마침표를 쓰고, '8.15 운동'처럼 특정 의미의 날을 나타
내는 때에는 붙이고 맨 뒤에 마침표를 쓰지 않는다.

예전에는 '8·15 운동'처럼 가운뎃점을 쓰는 게 옳았지만 2015
년에 기존 표기가 허용으로, 마침표가 원칙으로 개정되었는데, 개
정을 앞뒤로 혼동하기 시작했을 수도 있고, '-'와 '/'의 활용법
('2018/04/26', '2018-04-26'처럼 쓴다)과 같다고 생각하기 때문일 수
도 있다.

사족으로 날짜 표기 규정은 일반인 대부분이 몰라서 많이 틀린
다. 맨 뒤에 마침표를 찍지 않거나(2017. 9. 21), 마침표는 찍어도
띄어쓰기 없이 0을 붙이거나(2017.09.21.), 심지어 0을 안 쓸 때

간격을 맞춘다고 '2017. 9.21.' 이런 식으로 쓰는 일도 있다.

맞춤법 규정을 이렇게 해석하면 이해하기 쉬운데, "연, 월, 일" 대신으로 마침표를 쓴다. 즉, '2017년 9월 21일'로 써야 맞는 표기이므로, 여기에서 연, 월, 일이 들어간 자리에 마침표가 대신하는 것이므로, 맨 뒤의 '일' 자리에도 마침표를 찍어야 맞는 것이다. 날짜 밖에서도 'N.A.S.A.' 처럼 써지는 부호이기도 하다.

그리고 0을 채울 필요 없이 연, 월, 일 사이에 한 칸씩만 띄우면 된다. 2019. 10. 4.(O), 2019. 5. 3.(O) 컴퓨터 프로그램에도 쓰이는지 '2017년 9월 21' 처럼 '일'이 누락되기도 한다.

이처럼 표준이 잡혀 있고, 과학적으로 측정해서 사용하는 단위는 숫자와 단위 사이를 띄우는 게 원칙이다. 이건 한글 맞춤법이 아닌지라 국제 표준에 숫자와 단위 사이를 띄어 쓰도록 표기법이 규정되어 있고, 우리나라도 단위를 쓸 때에는 국제 표준에 따르도록 규정되어 있기 때문에 띄어 쓰는 게 올바른 표기법이다.


12. 성 이름


성+이름, 성+호: 한국 이름과 중국 이름은 붙이되 성과 이름을 구별할 필요가 있는 때에는 띄움을 허용한다.# 로마자 표기 시와 일본 이름 및 서양 이름은 'Hong Gildong', '사오토메 란마'와 같이 성과 이름을 띄어 쓴다. 원래 모두 띄어 쓰다가 1988년에 맞춤법이 한국 이름과 중국 이름을 붙여 쓰는 것으로 변경되었다.

홍길동(O) 홍 길동(허용)

남궁란마(O) 남궁 란마(허용): 띄우지 않으면 '남궁/란마'인지 '남/궁란마'인지 구별이 안 간다. 규정에는 '황보 영', '선우 혁'과 같은 예시만 나와 있어서 헷갈릴 수 있는데, 두 사례 모두 성과 이름이 구별되어야 하므로 '황 보영', '선 우혁'으로 쓰는 표기도 역시나 허용된다.

이퇴계(O) 이 퇴계(허용)

단, 호+성+이름+호칭이면 호칭(선생, 씨, 사장 등)과 호는 띄운다. '운동의 달인 빈혈 김병만 선생'이 그 좋은 예이다.


## 13. 보조 용언

'설거지를 해보다'의 '보다'는 용언에 특별한 의미를 부여하는 보조용언에 해당한다. 보조용언이면 본용언과 띄어 쓰는 것이 원칙이지만 아래와 같은 때는 붙여 쓰는 것도 허용한다.

'-아/-어/-여' 뒤에 연결되는 보조 용언. 그러나 본용언이 3음절 이상의 복합어이면 붙여 쓸 수 없다.

여기에 가만 있어 봐(원칙), 여기에 가만 있어봐(허용)

열심히 만들어 줄게(원칙), 열심히 만들어줄게(허용)

의존 명사에 '-하다'나 '-싶다'가 붙어서 된 보조 용언.

듯하다 (예: 밖에 눈이 올 듯하다(원칙), 밖에 눈이 올듯하다(허용))

듯싶다 (예: 밖에 눈이 올 듯싶다(원칙), 밖에 눈이 올듯싶다(허용))

만하다 (예: 알 만한(원칙)/알만한(허용) 사람이 왜 그랬을까?))

척하다 (예: 아는 척하지 마(원칙), 아는척하지 마(허용))

앞말에 조사나 합성동사가 들어가는 때에 반드시 띄어 쓴다. 본용언이 파생어일 때도 마찬가지이다.

예: 직접 먹어도 보았다, 강물에 떠내려가 버렸다, 선물을 포장해 놓을게.

한글 맞춤법 제47항에 따르면 '보조용언'은 본용언과 띄어 씀을 원칙으로 하지만, 앞말과 결합하여 피동사 구실을 하거나 형용사 변화 구실을 하는 '-지다'는 다른 보조 용언과 달리 본용언과 붙여 씀을 원칙으로 하고 띄어 쓰는 것을 허용하지 않는다. 그런데 비슷한 기능을 하는 '-뜨리다', '-트리다'는 접미사이니 이것도 접미사로 오해하기 쉽다.

'-되어 진', '-되어 지다'로 쓰는 때엔 띄어쓰기 문제 말고도 이중 피동이다. 하지만 한국 영어 교사들은 수동태를 설명할 때 지겹게 쓰니 기회가 생기면 따질 수 있다.

땅에서도 이루어 지게 하소서.(X) → 땅에서도 이루어지게 하소서.(O)


14. 숫자


일반적으로: 만(萬) 단위로 띄운다.

11억 1111만 1111

십일억 천백십일만 천백십일

금액 표기: 변조 등의 사고를 방지하기 위해 붙여 쓰는 관례에 따라서 전체를 붙여 쓸 수 있다.

일금: 11억1111만1111원

가격: 일십일억일천일백일십일만일천일백일십일원

## 15. 쌍점(:)

틀렸다고 오해하기 쉬운 띄어쓰기이기도 하다. 일반적으로: 앞은 붙이고, 뒤는 띄운다.

항목 : 내용(X) → 항목: 내용(O)

화자 : 발언(X) → 화자: 발언(O)

개정 일시: 2015년 1월 1일

시와 분, 장과 절 등을 구별하거나, 의존명사 '대'를 대신하여 쓸 때: 앞뒤 모두 붙인다.

10:45, 청군:백군

## 16. 품사로도 쓰이고 접사로도 쓰이는 말

'하다', '되다'

'하다'는 띄어쓰기가 매우 복잡한 단어 중 하나이다. 그렇기에 사전을 필수적으로 참고하여 어떤 단어는 띄고 어떤 단어는 붙이는지 확인이 필요하다.

보통은 명사 뒤에 붙여 썼다고 하면 접사 '-하다'가 사용된 것이고, 띄어 썼다고 하면 동사 '하다'가 사용된 것이다.

명사 + '-하다' : '하다 동사' 형태의 파생어로, 붙여 쓴다. 이 '-하다'는 접미사로서 일부 명사 뒤에 붙어 그 명사를 형용사나 동사로 만들어 주는 역할을 한다. 그러나 복잡하게 구별하는 경향이 있는데, 이 경향이 이 띄어쓰기에도 영향을 주는 듯하다. 비문이 만들어지기도 한다. '어근' 문서 참고. 이런 표현은 국어기본법에도 쓰였다.

우리나라에 맞게 로컬라이징 한다(X) -〉 로컬라이징한다(O)

방학에도 규칙적으로 공부 하는(X) -〉 공부하는(O) 것은 쉬운 일이 아니다

도덕을 공부 하다(X) → 도덕을 공부하다(O)

돈을 사랑 하다(X) → 돈을 사랑하다(O)

필요 하다(X) → 필요하다(O)

부사나 사동형, 조사 등 + '하다(do)' : 띄어 쓴다. 보통 '~하게 하다'의 형태를 취한다.

사랑을 하다

예쁘게해 줄게.(X) → 예쁘게 해 줄게.(O)

도착하면 식사부터 하게해.(X) → 도착하면 식사부터 하게해.(O)

따라하다(X) → 따라 하다(O). '따르다' 와 '하다', 둘 다 다른

## 17. 뜻의 동사

선생님을 따라하다.(X) → 선생님을 따라 하다.(O)

앞말이 관형어 역할이면 상술된 '듯하다' 와 '만하다' 등을 제외한 말들은 명사와 동사로 분리해서 띄어 적는다. '힘을 낳는 주었다.' 처럼 파생용언이 아닌 용언으로 따지면 이해하기 쉽다. 다만 어근이 1자리이면 '표준화하는 정함을 했다.' 처럼 나타내는 것이 그나마 나아 보인다.

영어 공부(를) 하고 나서 놀아라.

무슨 일해?(X) → 무슨 일 해?, 무슨 일을 해?(O)

연구를 위하는 연구를 한다.

갈 듯 하다(X) → 갈 듯하다(O)

의성어와 의태어의 경우는 사전에 등재되어 있으면 붙이고, 등재되지 않았으면 띄어 쓴다.

스위치가 딸각하는 소리가 뒤에서 들렸다.

폭죽이 펑펑 하며 터지는 소리가 크게 울렸다.

이 밖에도 형태가 같은 듯 보이지만 사전의 등재 여부 때문에 띄어쓰기가 갈리는 말들이 많다.

밤새 이런저런 생각에 엎치락뒤치락했다. 그녀의 모습이 안개에 가려 보일락 말락 했다. 나는 남 일을 가지고 이러니저러니 하

는 것이 제일 싫다. 남의 일에 대해 지나치게 이러쿵저러쿵하는 것은 예의가 아니다.

'아니'와 쓸 때는 '-지'가 앞에 있는가로 구별할 수 있다.

신고를 하지 아니 하다(X) → 신고를 아니 하다 / 신고를 하지 아니하다

부사나 사역형 또는 조사 등 + '되다' : 변화의 뜻으로 쓰이는 동사로, 띄어 쓴다. 보통 '-하게 되다', '~가/이 되다' 형태를 취한다.

한국어 맞춤법 띄어쓰기, 붙여쓰기는 국어국문학을 전공한 필자도 어려운 분야이다. 그러나 잘 들여다보면 시작과 끝이 보인다. 자, 출발 저 고지를 향하여!

**스페셜1**
# 우즈베키스탄 사마르칸드
## 아름다운 풍경

# 사마르칸드 외국어대학 한국어학과 이모저모

한국어 문학박사 김우영 교수의 국제 문화교

 Uz. S. 외국어대학교 한국어학과  문학박사 김우영 교 수  한

2023.9~2024

# 한국어 이야기

형 문화나눔 민간단체 **상임대표**
**교류협회** 문학박사 **김우영**

한국어학과장 샤홀로
(Nazarova Shahlo Bakhtiyorovna Ph.D)

사랑하는 우리 김우영 교수님!!!
교수님. 만나 뵙는 게 너무
행복했습니다. 교수님 덕분에
우리대학교 학생들은 10일 동안
한국대학 사회봉사충(의회)이랑 기
억에 오래 남는 행동을 하게
되는 것이고, 한국어 학과 도서
관에 수많은 책을 갖치는 게
항상 한국어 학과 학생들을 위해
말하기 혼대회 하시는 것을
모두 감사하고 잊을 수 없는 정도
기쁩니다. 교수님 앞으로는 하시는
일 일이 성례와 가정에 행복이
가득하기를 진성으로 바랍니다.
한국어 학과장 나자로바 샤흘로

한국담당 만주라 교수님

사랑하고 존경하는 교수님
우선 저희 학교 와주시고 우리를
위한 노력하시는걸 존중합니다.
한국 돌아가실때까지 얼마
안 남아서 벌써부터
섭섭하네요 ㅜㅜ.... 그동안 너무
고맙고 앞으로도 열심히
도와드리도록 하겠어요.
새해 복 많이 받으세요.
항상 건강하시고 행복하게
지내셔야 돼요.

24년 2월 1일        라시도바
                           만주라

샤로팟 교수님

샤로팟 께게서...
교수님, 만나게 되어서
정말 반가워요.
우리에게, 우리 학교에 기증
을 많이 해 주셔서
대단하세요. 사랑해요.
!!!

2 , , 0 . 2 0 2 9

샤홀로 교수님

사랑하는 우리 교수님!!!
우리는 교수님을 만나게 되어서
정말 행복해요. 교수님이
한국에 간 시간을 생각하
면 지금부터 슬퍼요. 우리
는 지금까지 교수님처럼
성실하고 착하고 좋은 한국
교수님을 못 만났어요. 우리
를 생각해서 많은 또움을
해 주셔서 정말 감사해요.
교수님 늘 건강하고 행복하게
사세요.
        10. 02. 2024년   샤홀로
                        선생님.

시토라 별 교수님

우리 마음 속에 깊은 감동을
남아 주신 김 교수님께들 건강
하시고 행복 하시길 바랍니다.
이 짧은 시간 동안 우리 나라뿐
아니라 대락교 사람들에게 많은
도움을 주신 교수님께 감사하는
마음을 전해 드립니다.
우리는 교수님 의 우리 나라에 또 오시
기를 바라고 언제든지 오실 때
환영합니다.
존경스러운 마음으로  아즈조바
시토라 샘
"별"

자미라 선생님
(Kamron Va Zamuʼra)

Kamron va Zamira.
Biz sizga baxt omad
tilab qolamiz
Hamma vaqt soğ sala-
mat böling va Samar
qandze yana keling.
10. 02. 2024

우리 교수님께 늘 건강하
시길 바라며 운을 바랍니다
항상 행복하십시오. 그리고
사바르칸트로 또 오시길 바랍니다
자미라 보냄 !!!

안디잔 마흐무드전 가족과 함께

스페셜3
뽐내기

외국어대학교 감사장

**Knowledge house**

## CERTIFICATE OF
## APPRECIATION

### Kim Woo Young

*For your considerable support and*
*share your knowledge and skills with*
*"Knowledge House" students*

02.12.2023    Best regards, administration
of "Knowledge House" centre

사마르칸드 한국어학원 특강 감사장

2024-3-17.토

# 위 촉 장

운영위원장
김 우 영 교수

윗 분을 2024년 제1회 한국어말하기 발표대회
운영위원장으로 위촉합니다.

2024.3.6.

우즈베키스탄 사마르칸드 국립 외국어대학교

우즈베키스탄 사마르칸드 국립 외국어대학교
한국어학과
과 장   니자몰바 사흘로

# 우즈벡 아리랑
## Uzbek Arirang

1쇄 발행일 | 2024년 4월 15일

지은이 | 김우영
펴낸이 | 정화숙
펴낸곳 | 개미

출판등록 | 제313－2001－61호 1992. 2. 18
주소 | (04175) 서울시 마포구 마포대로 12, B-103호(마포동, 한신빌딩)
전화 | (02)704－2546
팩스 | (02)714－2365
E-mail | lily12140@hanmail.net

ⓒ김우영, 2024
ISBN 979－11－90168－82－3 03810

값 19,000원

잘못된 책은 바꾸어 드립니다.
무단 전재 및 무단 복제를 금합니다.